ELSE HUECK-DEHIO

Tipsys SONDERLICHE LIEBESGESCHICHTE

EINE IDYLLE AUS DEM ALTEN ESTLAND

EUGEN SALZER-VERLAG HEILBRONN

SALZERS KLEINE REIHE BAND 62

876.–900. Tausend/1986

© 1959 by Eugen Salzer-Verlag.
Alle Rechte, insbesondere die der Übersetzung, Verfilmung,
Vertonung, fotomechanischen Wiedergabe sowie die Sende- und
Abdruckrechte, ausdrücklich vorbehalten.
Einband und Zeichnungen: Elsbeth Schneidler-Schwarz.
Satz und Druck: Offizin Chr. Scheufele, Stuttgart.
ISBN 3 7936 0428 4

Tipsy war kein Kanarienvogel. Sie war auch kein junger Wachtelhund mit langem Behang, der sich wie Seide anfühlen konnte, wenn man ihn bürstete. Sie war kein Fohlen und kein Kätzchen. Sie war ein junges Mädchen, das noch vor der Jahrhundertwende auf einem estländischen Gut heranwuchs. Sie war natürlich auch nicht Tipsy getauft, sondern Maria-Gabriele. Aber dieser schöne und edle Name wurde von den vier älteren Brüdern nie ganz ernst genommen. Da das Kind das jüngste in der Reihe der Geschwister blieb und, als es zu laufen anfing, mit unermüdlichem Eifer versuchte, hinter den großen Brüdern herzurennen, ergab sich von selber der Name »tagga-tips«*, aus welchem dann das zärtlichere »Tipsy« wurde.

Tipsy blieb Tipsy, auch als sie längst selber reiten und schwimmen konnte, und wahrscheinlich wurde sie noch als Großmutter so gerufen, denn wir wissen alle, daß sich in unserer

* tagga-tips = auf estnisch etwa »letztes Pünktchen«

Heimat solche Kindernamen oft bis ins hohe Alter, ja, bis in die Todesanzeigen hinein, erhielten.

Aus dem Leben dieser Tipsy möchte ich nun eine kleine Geschichte erzählen — die Verwandten, die sie mir lächelnd zugetuschelt haben, werden mir meine leichte Indiskretion hoffentlich verzeihen, denn es handelt sich immerhin um den sonderlichen Beginn von Tipsys Liebesgeschichte. Ich habe auch lange gezögert, ehe ich beschloß, die Geschichte aufzuschreiben. Aber nun soll es doch geschehen, und während ich dieses bedenke, freue ich mich darauf, wieder einmal die Felder und den Himmel, Fluß, Wald und Schneesturm, ja, das ganze, nie vergessene Bild der Landschaft wiederzusehen, die einst unsere Heimat war.

Zunächst wuchs Tipsy auf ihrem elterlichen Gut auf, wie unzählige junge Mädchen der damaligen Zeit schon aufgewachsen waren. Die estnische Kinderfrau wiegte sie auf ihren prallen Armen in ihre ersten Träume. Die halbdeutsche Bonne bürstete ihr die Haare und wusch ihr die Hände, wenn sie vom Sandhaufen zum Mittagessen gerufen wurde. Sie trocknete ihr auch die Tränen, wenn die großen Brüder wieder einmal auf ihren Ponys über alle Berge ritten, ohne sich um den die

Händchen flehend ausstreckenden Tagga-tips zu kümmern. Dann kam die deutsche Gouvernante, Fräulein Magnus, die sich mit Ernst und Strenge um Tipsys Bildung bemühte, ihr den Handkuß und die anderen, einem wohlerzogenen Kinde zustehenden Höflichkeitsformen beibrachte und sie dabei als einziger Mensch in der Welt stets »Maria-Gabriele« nannte. Schließlich kam auch noch Mademoiselle aus der Schweiz, parlierte französisch wie ein zwitschernder Garten-Laubsänger, legte sich abends Papilloten rund um den kleinen, dunklen Kopf und duftete unnachahmlich nach Maiglöckchen.

Darüber hinaus gab es natürlich noch Papa und Mama, die, wie die Götter im Olymp, über dem ganzen Leben thronten, alles Wichtige entschieden, den Morgen- und Abendkuß in Empfang nahmen und, aus einer gewissen Entfernung betrachtet, bestaunt und geliebt werden konnten.

Und dann gab es noch Tante Addi.

Tante Addi lebte in Dorpat in einem langgestreckten, niedrigen Holzhaus an der Breitstraße. Wenn die Familie im Herbst zur landwirtschaftlichen Ausstellung in die Stadt fuhr, stieg man bei ihr ab. Aber viel öfter, zu jeder Festzeit und wann es ihr sonst richtig schien, kam Tante Addi in ihr Elternhaus nach Ilgafer. Sie brachte Mandeln und Rosinen, das Dorpater »Studentenfutter«, mit, schaute nach allem, was in Küche und Schafferei, Stall und Kinderstube vor sich ging, fuhr auf die Nachbargüter, und wenn sie abends nach Hause kam, steckte sie voll der lustigsten Geschichten, über welche die Großen bei Tisch schallend lachten, während Tipsy sich meistens vergeblich bemühte, herauszukriegen, was nun eigentlich so komisch war.

Aber Tante Addi verstand es, auch Tipsy die schönsten Dinge zu erzählen, Märchen oder »wie es in meiner Jugend herging«, was ebenfalls geradezu märchenhaft klang.

So war Tipsys seelisches und charakterliches Gedeihen von allen Seiten aufs beste umsorgt und umfriedet, und es konnte eigentlich nichts anderes aus ihr erblühen als eine ganz exemplarisch wohlgeratene Mädchenknospe.

Aber wie das im Leben so ist — gerade die Menschen, von denen man sich am meisten verspricht, führen manchmal ein verhängnisvolles Doppelleben. So auch Tipsy.

Wenn Mademoiselle um die Mittagsstunde in einem Lehnstuhl und einem broschierten französischen Roman versank und Fräulein Magnus sich in ihr Zimmer zurückzog, um ernstlich nachzudenken, dann blieb Tipsy nicht auf der Veranda sitzen, damit beschäftigt, »Karl und Marie« zu lesen. Wie ein Wiesel schlüpfte sie die wenigen Holzstufen in den Garten hinunter, verschwand um die Hausecke, rannte hinter den dichten Jasmin- und Fliederbüschen entlang, bis vom Hause aus kein Mensch sie mehr sehen konnte, und wanderte dann aufatmend zur Pferdekoppel. Die zweijährigen Fohlen waren ihre besonderen Freunde. Auf ihren schlanken, blanken Rükken verstand sie sich zu schwingen, und dann, die Hände in die Mähne festgekrallt, die Schenkel eng an den warmen Pferdeleib gepreßt, jagte sie über die Koppel, nun selber in einen Gott, in einen jener Olympier verwandelt.

Der wellige, stellenweise moorige, stellenweise samtgrüne Boden der Koppel war das Antlitz der Erdkugel. Das abgefressene Gestrüpp wurde zum Hain, in dem Sylphen und Dryaden hausten, die modrige, zertrampelte Tränke war der Ozean, den ein Odysseus befuhr. Die Luft aber, die um das Gesicht wehte und das Haar zerzauste, die Luft war das Element, durch das man flog, grenzenlos glücklich, grenzenlos frei. Und über sich, mit Wolken, Bläue und Licht, nur der Himmel — grenzenlos ... bis das fliegende Roß, der herrliche, geflügelte Pegasus, plötzlich wie angewurzelt stehenblieb und man mit dem Gesicht in seine Mähne flog. Wenn man aufblickte, sah man vor sich die dunklen, blankgewetzten Balken der Umzäunung. Ach, auch die Grenzenlosigkeit hat ihre Grenzen!

An anderen Tagen gelang es, das Heureka-Spielgewehr von Bruder Karluscha zu klauen. Dann ging der Streifzug weiter, hinter die Hofhäuser und die große Kleete bis an den Waldrand. Dort, unter einigen Eichen, war der Schweinepirk, und wenn es in seiner Nähe auch nicht gerade nach Maiglöckchen roch wie bei Mademoiselle, so gab es dort immerhin das edle

Borstenwild zu erjagen. Die Patronen von Karluschas Gewehr bestanden aus einem Stäbchen mit Gummi-Saugnapf, und wenn es glückte, eine der suhlenden Sauen richtig auf ihre Breitseite zu treffen, dann war es äußerst possierlich zu beobachten, wie das verblüffte Tier versuchte, den haftenden Pfeil wieder loszuwerden.

Einer der niedrigen, breit ausladenden Äste der Eichen war als Hochsitz für dieses Jagdunternehmen besonders geeignet, und manche Stunde des Pan, in der alles zu ruhen schien, saß auch Tipsy ganz still und ohne zu zielen dort oben und horchte nur auf das Rieseln der Sonnenhitze zwischen den Eichenblättern. Alles schwieg, der Wald, die Wiese, das moosige Dach der Kleete, die Hofhäuser zwischen ihren verwilderten Fliederhecken. Sogar das Borstenwild lag und rührte sich nicht. In der flimmernden Luft aber stand ein Ton — man konnte ihn fast nur fühlen, nicht hören — ein süßer, alles verzaubernder Flötenton.

Wenn man genauer hinhörte, konnte es vielleicht auch ein Pirol sein, der fern, fern aus den Gründen des Waldes rief. Hinter den Häusern und Parkbäumen standen nämlich, noch weiß und völlig harmlos, ein paar Gewitterwolken.

Es erwies sich leider, daß der Eichenhochsitz nicht ganz ohne Tücken und Gefahren war. Eines Mittags, als Tipsy gerade

ihren Pfeil mitten auf das runde Hinterquartier einer Sau placiert hatte und mit Entzücken beobachtete, wie die alte, dicke sich bemühte, den betreffenden Körperteil an einem der Eichenstämme abzuwetzen, rauschte das Laub genau neben Tipsy auf, und ein dunkler Kopf erschien wie der Kopf eines Riesen, denn kein Mensch konnte so lang sein, daß er vom Erdboden bis zu Tipsys luftigem Hochsitz reichte.
Der Kopf sprach: »Groß ist die Diana von Ilgafer, ihr ward es vergönnt, das edle Wild aufs hintere Blatt zu treffen!«
»Ich heiße nicht Diana, sondern Tipsy«, sagte diese, die nach ihrem ersten Schreck begriff, der Riese sei ein Reiter und sogar ein bekannter Reiter, nämlich der Habichtshofsche Nachbar. Übrigens ein schon älterer Herr von etwa achtundzwanzig Jahren, denn wenn man selber zwölf Jahre zählt, sind achtundzwanzig Jahre ein beachtliches Alter.
Der Kopf neben ihr mit seiner blanken, schwarzen Locke, den dunklen Augenbrauen und dem modischen Bärtchen nickte, die Lippen unter dem Bärtchen lächelten, und dann sprachen sie: »Sehr wohl, also: Groß ist die Tipsy von Ilgafer! Und ich bitte, die olympischen Eltern zu grüßen, ich schaue nachher vielleicht herein.«
Tipsy erhob ihre Hand erschreckt zum Munde und blickte dem Habichtshofschen so dicht und glasklar in die Augen,

daß dieser schon wieder zu lächeln begann. »Nein, nein«, sagte er beruhigend, »ich werde schweigen wie das Grab. Ich weiß, was sich einer so verehrungswürdigen Persönlichkeit gegenüber gehört. Die Tipsy von Ilgafer kann sich auf mich verlassen.«

Er zog seinen Kopf zurück, lenkte sein Pferd, dessen goldbraune Flanken in der Sonne spiegelten, mit einem Schenkeldruck auf die Wiese hinaus, grüßte zu Tipsy hinauf, indem er die Reitgerte leicht an die Stirn hob, und trabte davon.

Nach diesem Erlebnis wagte Tipsy es mehrere Tage nicht, ihre Jagdgründe aufzusuchen. Aber es gab ja auch noch andere Vergnügungen zum Beispiel das »Katte-rattas«, zu deutsch das Zweirad. Es war ein hochrädriger, flacher, leichter Karren, mit dem man abends schnell und bequem einen Haufen Grünfutter vom nächsten Feldrain heranholen konnte. Wenn nun einer der Knechtssöhne sich bereit erklärte, das Katte-rattas im Trabe über die Parkwege zu ziehen, dann konnte man sich selber draufstellen und träumen, man sei eine Zirkustänzerin, die schwebend und grüßend durch das Rund der Arena gefahren würde. Die Bäume am Weg waren das Publikum, sie neigten sich und applaudierten mit ihren grünen Ast-Händen. Die Fichten waren die alten Herren, Birken waren natürlich junge Mädchen; die Silberpappeln aber, die immer, auch im leisesten Windhauch, flüsterten und ihre Blätter regten, waren die Tanten, die dauernd etwas zu tuscheln hatten.

Auf einer dieser Fahrten hatte Tipsy es nicht beachtet, daß Fräulein Magnus von ihrem Giebelfenster aus Einsicht in den Park nehmen konnte. Von oben her erscholl der markerschütternde Schrei: »Maria-Gabriele, willst du dir das Genick brechen?!« Woraufhin der Knechtsjunge vor Schrecken stolperte, das Katte-rattas sich vornüberneigte und Tipsy tatsächlich auf den Sand des Weges flog.

Die mittäglichen Zirkusvorführungen nahmen also ein Ende mit Schrecken, und zur Strafe für Tipsy wurde Wanja, der russische Gymnasiast, der den Brüdern die schwierige Staatssprache beibringen sollte, beauftragt, in der Mittagsstunde mit Tipsy russisch zu lesen.

Gleich am ersten Tage wanderten beide mit ihrem Buch einträchtig zum Ententeich hinter der Brauerei. Dort gab es Kaulquappen und junge Frösche in Massen, und um Tipsy recht zu imponieren, zeigte ihr Wanja, wie man junge Frösche lebendig verschlucken konnte. Tipsy bekam ihre glasklaren Augen, und dann rannte sie einfach davon, Wanja mit seinem Buch und seinen Fröschen sich selbst überlassend. Dieser war es zufrieden. Er setzte sich ins Gras unter eine der Weiden und begann allein zu lesen.

Tipsy hingegen flüchtete zum Roggenfeld. In einer seiner Buchten war nichts anderes zu sehen als nur die jungen, grünen Ähren, die sich auf ihre Blüte vorbereiteten, und darüber der blaue Himmel. Hier lag sie mäuschenstill, bis die Pansstunde vorübergegangen war und man sich mit Anstand zum Kaffeetrinken einfinden konnte.

Bei dieser Handhabung der Dinge blieb es. Wanja erzählte beim Kaffee munter, was sie gelesen hätten, und Tipsys Doppelleben war gerettet. Die Großen wußten nicht, wie gut das war. Aber Tipsy wußte es, denn es war das Glück ihrer Tage.

Schon in jenen guten alten Zeiten war es so, daß die Jahre vergingen und die Kinder heranwuchsen. Auch Tipsy wurde mit jedem Sommer älter. Sie begann, sich im Spiegel zu betrachten, und meinte, sie müsse ihre Haare endlich aufstecken. Bis dahin waren sie, von einem schwarzen Band über der Stirn gehalten, lose über ihren Rücken gefallen. Sie begann, in die broschierten Romane von Mademoiselle hineinzuschauen und den Mond für das herrlichste und wehmütigste Gestirn des Weltalls zu halten. Sie begann, sich für die Jugend der Nachbargüter zu interessieren, und wanderte versonnen durch den Park zum Tennisplatz, der nach den neuesten englischen Richtlinien für ihre Brüder angelegt worden war. Sie setzte

sich auf die Bank am Rande dieses neumodischen Spielplatzes und schaute zu, wie die Brüder und ihre Freunde sich mit Schlägern weiße Bälle zuwarfen. Es schien ihr wie eine gewalttätige Abart von Federball, ein Spiel, das sie mit Mademoiselle früher auf dem Rasenrondell vor dem Hause gespielt hatte. Sie betrachtete die jungen Männer mit vergnügter Neugierde, wie sie da sprangen und rannten und schlugen und sich englische Zahlen zuriefen. Daß sie selber hätte mitspielen können, auf diesen Gedanken kam sie überhaupt nicht.

Einmal war auch der Habichtshofsche Nachbar auf dem Tennisplatz, jetzt schon ein älterer Herr von etwa zweiunddreißig

Jahren. Komisch — Tipsy betrachtete ihn heimlich von der Seite und wunderte sich, daß er ihr heute jünger erschien als damals auf dem Schweinehochsitz. Er saß neben ihr auf der Bank, schlug Bein über Bein, rauchte eine Papyros und rief den Spielern auf dem Platz kritische Bemerkungen zu. Offenbar kannte er das Spiel, vielleicht hatte er es sogar im Ausland gelernt! Er hatte ein dunkel gebräuntes Gesicht mit einer gebogenen Nase, glänzende Augen, die den Bällen lebhaft folgten, und unter dem schwarzen Bärtchen einen Mund, den selbst die unschuldsvolle Tipsy als höchst ironisch empfand. Sie wandte die Augen weg und blickte in die Wipfel der Tannen, die den Tennisplatz umstanden. Sie waren goldengrün und der Himmel seidenblau. — Nein, mit diesem dunkelhaarigen Onkel aus Habichtshof wollte Tipsy nichts zu tun haben!

Da kam ein Ball, den Karluscha falsch geschlagen, mit scharfem Sausen auf die Bank zugeflogen. Tipsy fing ihn aus der Luft, ehe er das Gesicht ihres Nachbarn hätte treffen können, und warf ihn in hohem Bogen auf den Platz zurück.

Der Habichtshofsche wandte seinen Kopf mit den aufglänzenden Augen Tipsy zu, erhob sich ein wenig von der Bank, machte eine winzige Verbeugung und murmelte: »Groß ist die Tipsy von Ilgafer...« Dann setzte er sich wieder und beobachtete das Spiel weiter, als ob es auf der ganzen Welt keine Tipsy gäbe.

›Ekel...‹, dachte Tipsy, die knallrot geworden war, und drei Minuten später stand sie auf, machte einen kleinen Knicks zum Habichtshofschen hin, wie sich das bei einem Onkel gehört, und wanderte schüttelnden Haares fort in den Park hinein.

Noch eine Eigenschaft entwickelte sich in Tipsy, die bis dahin nur kaum bewußt zu ihrem Wesen gehört hatte: sie begann mit größter Aufmerksamkeit die Gespräche zu verfolgen, welche die Großen bei Tisch miteinander führten. Es konnte passieren, daß sie beim Tee-Einschenken vergaß, den Hahn des Samowars zuzudrehen, und daß das heiße Wasser dampfend über den Tassenrand floß. »Aber, Maria-Gabriele, paß doch auf!« rief Fräulein Magnus vorwurfsvoll. Sie ahnte nicht, wie gut Tipsy aufgepaßt hatte!

Wenn die großen Brüder, die jetzt schon Studenten waren, aus Dorpat erzählten, gingen Tipsy neue Welten auf. Da gab es im Frühling Mollatz-Kommerse und Blumenkorsos und im Winter eine Schlittschuhbahn, auf der die jungen Mädchen Hand in Hand mit den Studenten Bogen laufen durften. Da gab es Konzerte, nach denen die Studenten die Pferde des Zweispänner-Schlittens ausspannten, um die Sängerin im Triumphzug selber ins Hotel zu fahren. Da gab es Bälle und

Burschentheater und Fuchsaufnahmen mit dem »Landesvater« ... Daß es in Dorpat auch noch eine Universität gab, geriet eigentlich ganz in Vergessenheit.

Aber auch wenn die Brüder nicht da waren und Tante Addi von den Nachbargütern erzählte, war es spannend genug. Wie artig zum Beispiel die Kustumäggischen Kinder waren, die reinsten Tugendbüchsen, erzogen wie die jungen Jagdhunde! ... Und Fee, die Adalsholmsche Tochter, die stundenlang mit dem jungen Berg durch den Park wandelte ... »Der junge Berg hat jetzt das Beigut seines Vaters selbständig übernommen, und folglich ist er ein ernsthafter ›Epouseur‹ — wenn da sich nicht etwas anspinnt ....«

Tipsy senkte die Augen auf ihren Teller und steckte sich gedankenvoll ein Stückchen Butterbrot in den Mund. Was war ein Epouseur? Und was sollte sich anspinnen?

Nach dem Essen zog sie ihre Tante Addi in eine der Fensternischen des Eßzimmers. »Sag, Tante Addi, was ist ein ›Epouseur‹?« fragte sie mit großen, ernsten Augen.

Tante Addi wollte sich ausschütten vor Lachen. »Wai, Herzchen«, rief sie, »das weißt du nicht? Nun, ein Epouseur ist kein Student mehr, mit dem man einfach flirten kann. Er ist ein fertiger, selbständiger Mann — junge Mädchen müssen sich vor ihm in acht nehmen!«

Also so war das: vor Epouseuren sollte man sich in acht nehmen. Und Fee hatte das offenbar nicht getan.

Heute abend ging es nun um den Habichtshofschen, der beim Tennis zugeschaut hatte. Er hieß übrigens Bodo, und Tipsy dachte, die Nase krausend, der Name passe zum Ekel. Dennoch horchte sie doppelt so aufmerksam wie sonst zum oberen Ende des Tisches hinüber, was ihr eine Rüge von Fräulein Magnus eintrug: »Maria-Gabriele, die Gespräche der Erwachsenen sind überhaupt nicht interessant. Denk lieber an deine Geographiearbeit.«

Nun, Fräulein Magnus mochte sich ruhig einbilden, die Geographiearbeit sei interessanter als die Gespräche. Tipsy wußte das besser. Und sie erfuhr an diesem Abend Außerordentliches! Auch der Habichtshofsche war ein Epouseur, dazu noch der reichste in der Umgegend. Aber er schien nicht an die Erfüllung seiner Epouseurspflichten zu denken, im Gegenteil, er fuhr jedes Frühjahr ins Ausland, nach Monte Carlo, und vergeudete dort sein Geld in der unsolidesten Weise. Außerdem sei er ein Schürzenjäger — dieses wurde ganz leise geflüstert —, aber wohlaussehend, das müßte man ihm lassen. Die interessanteste Erscheinung weit und breit ...

Von diesem Abendessen stand Tipsy mit gesenkter Stirne auf, und zwar nicht wegen der Geographiearbeit. Die Botschaften aus dem Reich der Erwachsenen, zu dem nun auch die Brüder mit ihrem leichtfertigen Mundwerk gehörten, hatten sie tief verwirrt. Sie konnte nicht umhin, Tante Addi noch einmal in die Fensternische zu ziehen, um sie auszufragen: »Sag mir doch, womit vergeudet der Habichtshofsche sein Geld auf so unsolide Weise in Monte Carlo?«

Wie ein Orakel klang die düstere Antwort: »Er spielt, mein Kind.«

Tipsys Augen wurden ganz rund. »Er spielt...«, murmelte sie, und sie begriff nicht, inwiefern man mit dieser fröhlichen und unschuldigen Tätigkeit, die ihrem Herzen noch so nahe stand, sein Geld vergeuden konnte. Kinder spielten, und freundliche Erwachsene spielten manchmal auch mit. Allerdings *ein* Spiel gab es, das etwas mit Geld zu tun hatte, in Tipsys Welt natürlich nur mit Spielgeld. Das war das Kartenspiel »Müller-Matz«. Wenn die großen Brüder mitspielten, konnte man dabei sogar beträchtlich verlieren. Tipsy war einmal ganze fünf Rubel losgeworden.

Tante Addi hob das Gesicht der verstummten Tipsy mit zwei Fingern am Kinn in die Höhe und fragte: »Noch etwas, mein Herzchen?«

»Ja, Tante Addi«, flüsterte der kindliche Mund. »Was für ein Jäger ist der Habichtshofsche außerdem?«

Tipsy sah deutlich, daß in Tante Addis ohnehin vergnügten Augen zwei besonders lustige Fünkchen aufglühten. Trotzdem antwortete sie ernsthaft: »Er ist ein ausgezeichneter Jäger, ein ganz großer Nimrod! Wenn du einmal in die Vorhalle seines Hauses kommst, dann wirst du sehen, wie viele Elchschaufeln, Rehgehörne und ausgestopfte Auerhähne er dort aufgehängt hat.«

»Und die Schürzen?« fragte Tipsy.

Tante Addi schien verblüfft. Nach einer kleinen Pause sagte sie: »Die hat er wahrscheinlich nicht aufgehängt«, dann wandte sie sich schnell um und ging zu den anderen Großen, die sich bereits auf der Veranda um die Lampe versammelt hatten. Dunkle Nachtfalter flogen um die weiße Kuppel.

Tipsy merkte deutlich, daß Tante Addi bei ihrem schnellen Abgang ein Lachen verborgen hatte. Also sagte auch sie nicht alles, was es zu sagen gab. Man mußte allein mit den überwältigenden Neuigkeiten fertig werden, die so ein Tag einem in den Weg zu werfen beliebte ...

Tipsy zögerte noch einen Augenblick. Aber da niemand nach ihr rief, wanderte sie unauffällig an der Verandatür vorbei zur Treppe und in ihr Zimmer hinauf. Hier holte sie aus den Tiefen einer Schublade ein in Leder gebundenes Heft. Es war ihr Tagebuch. Auch dies war etwas Neues: sie hatte seit einiger

Zeit begonnen, Tagebuch zu schreiben — und die Ausbeute des heutigen Tages war groß.

Draußen in der weißen Nacht sangen die Sprosser im Park, und das Korn in der Roggenbucht blühte auf. Tipsy aber sah vor ihrem geistigen Auge den Habichtshofschen, das Ekel, wie er auf einer Klippe der Riviera saß und mit dem Fürsten von Monaco Müller-Matz spielte ...

Im Herbst dieses Jahres war Tipsys siebzehnter Geburtstag, und nach Neujahr bekam sie ihre erste Einladung zu einer Hochzeit. Zwischen Fee, der Adalsholmschen Tochter, und dem jungen Berg hatte sich eben doch was »angesponnen«, wie Tante Addi es nannte. Zu Weihnachten wurde die Verlobung veröffentlicht, und in der Butterwoche* wollten sie heiraten. Tipsy sollte sogar Brautjungfer sein, und Leo, Fees Bruder, war ihr Brautführer.

Die Brüder stellten ihre kleine Schwester, die nun auf einmal erwachsen sein sollte, mitten in den Saal unter den Kronleuchter, um sie zu begutachten. Sie mußte sich langsam in die Runde drehen und die kritischen Bemerkungen über sich ergehen lassen: »Noch etwas zu lange Beine ...«, »Noch etwas zu dünne Arme ...«, »Augen recht vielversprechend«, »Taillen-

* Butterwoche = die Woche vor dem Beginn der Passionszeit

weite gut«, »Haare müssen besser gekämmt werden!«, »Babymund!« Das abschließende Urteil lautete endlich: »Ein Fohlen von guter Rasse.« Karluscha fügte noch hinzu: »Daß aber Leo sich ausgerechnet so ein Fohlen ausgesucht hat...« Raimund, der Älteste, klopfte sich eine Papyros auf dem Handrücken zurecht und äußerte sachlich: »Doch, kann ich verstehen!«

Tipsy drehte sich auf ihren Zehenspitzen mit hochroten Wangen und strahlenden Augen aus dem Saal hinaus, und im Speisezimmer begann ihr Babymund zu singen: »Ich bin Brautjungfer, oh, ich bin Brautjungfer, ja, Brautjungfer...«

Das Leben hatte seine Pforten plötzlich geöffnet. Wie ein Teppich voller Blumen lag es dahinter, man brauchte nur hineinzuwandern, nein, hineinzutanzen, um zu erfahren, wie herrlich es war. O großes, geheimnisvolles, längst erwartetes Leben!

Tipsys Eltern konnten leider nicht mit zur Hochzeit fahren, da der Landtag in Riga vor der Türe stand und Papa vorher dort noch allerhand erledigen mußte. Aber Tante Addi war natürlich mit tausend Freuden bereit, Mutterstelle bei Tipsy zu vertreten und das Kind bei seinem ersten Eintritt in die Welt zu »chaperonieren«.

Und so wurden also zwei zauberhafte Ballkleider genäht — man bemühte dafür sogar die bekannteste Schneiderin aus Dorpat —, und Tipsy bekam Gelegenheit, sich in die Fragen der Eitelkeit zu vertiefen. Sie waren ihr völlig neu! Ob Rosa, ob Weiß oder Hellblau? Vielleicht auch Fliederfarbe? Knisternde Seidenstoffe wurden ihr unters Kinn gehalten oder über die Schulter geworfen. Modenhefte wurden von vorn nach hinten und von hinten nach vorn mit feuchtem Finger durchgeblättert, künstliche Blumen, Bänder und Spitzen wurden hervorgeholt, verworfen und wieder hervorgeholt. Der Fußboden knirschte von Stecknadeln, und schließlich lagen die herrlichen, schmiegsamen, glänzenden Seidenstoffe auf dem Schneidertisch. Die blanke Schere begann sich — schnippschnapp — in sie hineinzufressen. Wie gesagt, es wurden zwei zauberhafte Ballkleider, weiß und hellblau. Dieses, für die Kirche, sogar mit einer kleinen Schleppe. Dafür hatte es oben etwas weniger, und Tipsys Hals stieg weich und kindlich aus den Schultern empor, von denen man auch etwas zu sehen bekam.

Tipsy konnte sich nicht genug vor dem großen Spiegel im Saal — Trumeau nannte man sowas — herumdrehen und ihr Kleid, aber wahrscheinlich auch sich selbst, bewundern.

Draußen, über Garten, Rasenplätzen und Park, ja, noch viel weiter, über den Feldern und dem Wald, lag die unabsehbare weiße, weiße Schneedecke.

Auch Tipsys Polterabendkleid war weiß wie der Schnee. Aber anders als bei diesem, blühte aus ihm ein Kranz rosiger und hellgelber Röschen hervor, die sich um den Ausschnitt schmiegten. Mama kam und legte Tipsy eine schmale Perlenkette um den Hals. »Die darfst du diesmal tragen, mein Kind«, sagte sie. Das Kind küßte ihr überwältigt die schöne, etwas gepolsterte Hand. So also war es, wenn man erwachsen wurde ...

Endlich kam auch der ersehnte Morgen, an dem man nach Adalsholm fahren durfte. Drei Tage des Abenteuers, des Erwachsenseins, des völlig Neuen standen bevor. Tipsy war ganz blaß, so tief bewegte sie das noch nie Erlebte. Als der Schlitten schon vor der Tür hielt und die Koffer, in denen die zauberhaften Kleider ruhten, hinten aufgeschnallt wurden, rannte Tipsy noch einmal nach oben in ihr Zimmer, zog ihr Tagebuch aus der Schublade hervor, verbarg es am Busen unter ihrem Pelzchen, und dann ließ sie sich, stumm vor Seligkeit, in die Felldecken des Schlittens einpacken.

Es war ein trüber Tag, der Himmel schiefergrau, viel dunkler als die Felder, Schneefall stand bevor. Der Kutscher schob vorsorglich das Verdeck über den Schlitten. So saßen Tante Addi und Tipsy tief verborgen hinter Fell und Leder wie in einer Kibitka*, und als die Pferde anzogen und die Schellen aufklangen, ahnte Tipsy es nicht, daß das Glück nicht immer so zu einem kommt, wie man sich das vorstellt. —

* Kibitka = russischer geschlossener Schlitten

An diesem Morgen stand auch Pastor Ruhland, in seinen Fahrpelz gehüllt, die Fellmütze auf dem Kopf, am Fenster seines Vorzimmers und schaute ins verhangene Land unter dem dunklen Himmel. »Es wird viel Schnee geben«, sagte er sich. »Es ist gut, daß ich meinen freundlichen Patronatsherrn gebeten habe, mich nach Adalsholm mitzunehmen.«
Pastor Ruhland hatte alle Kinder der Umgegend getauft und konfirmiert, auch Tipsy und ihre Brüder. Er war jetzt ein älterer Mann, es strengte ihn an, sein Pferd allein durch den Tanz eines Schneegestöbers zu lenken. Die Ränder des Weges verschwammen im Flockengewirbel. Damit mochten jüngere Augen sich beschäftigen, und der Patronatsherr, der Habichtshofsche Baron Hagen, mußte ohnehin am Pastorat vorbeifahren. Wenn er nur auch käme! Man brauchte mindestens zwei Stunden bis Adalsholm. Nun, die Renner vom Habichtshofschen schafften es vielleicht auch in anderthalb, aber zum Mittagessen wollte man doch gerne dort sein. So ein ungezwungener Auftakt zu einem Fest war manchmal das Allerbeste von der ganzen Sache. Genauso wie die Sakuska vor dem Essen. Pastor Ruhland war kein Verächter all der guten und fröhlichen Dinge, die Gott auf seiner Erde gedeihen ließ.
Er richtete sich zu seiner stattlichen Größe auf, schob den

hochgeschlagenen Fellkragen vom Ohr und horchte. Klangen da nicht Schlittenglocken leicht und höchst verlockend durch den düsteren Morgen? Pastor Ruhlands Gehör hatte noch in keiner Weise nachgelassen. Seine Bauern behaupteten, in der Kirche höre er die Flöhe husten, und es gab viele Flöhe in landschen Kirchen. Wenn nun gar so ein Menschenkind anfing, mit seinem Banknachbarn zu flüstern, dann konnte es vorkommen, daß die Predigt stockte und der Pastor mit zum Himmel erhobenen Blicken sprach: »Reden ist Silber, Schweigen ist Gold. Das Silber habe ich nun auf mich genommen, damit ihr das Gold scheffeln könnt. So tut es auch!« Danach ging die Predigt weiter.

Aber nun kam auch schon Katti, die Haushälterin, hereingelaufen und verkündete: »Paron kommt!« Um die Vorfahrt schleuderte leicht der Schlitten des Habichtshofschen.

Es war ein leichter, bequemer Schlitten für zwei Personen, und wie gewöhnlich lenkte der Baron selber seine Schimmel mit den gebogenen Hälsen und den gewellten Mähnen. Die standen nun vor der Tür des Pastorats, scharrten mit den Hufen, bissen in das Zaumzeug und schienen es nicht abwarten zu können, bis der alte Riese mit seinem Fahrpelz, seinen Filzstiefeln und seinem schwarzen Ledersack, in dem Talar und Nachthemd einträchtig beieinander ruhten, eingestiegen war.

Katti hatte die Wolldecke kaum um die Füße ihres Herrn feststopfen und dann die blaue, pelzverbrämte Schlittendecke darüberspannen können, da zogen diese Biester auch schon an, und Katti wäre um ein Haar in den Schnee geflogen.

Ja, diese Biester hatten ein anderes Tempo als des Pastors braune, bejahrte Stute. Sie sausten an den verschneiten Hecken der Gesinde, an den Wiesen, Waldstücken und Werstpfosten vorbei, und der Fahrtwind stob einem um die Nase. Kein Wort konnte man sprechen! Das war es aber eigentlich gewesen, worauf Pastor Ruhland sich heute am meisten gefreut hatte: einmal wieder ein paar Worte mit einem weltläufigen und gebildeten Mann sprechen zu können. Diese langen, dunklen Winter waren doch mitunter gar zu einsam in einem weiträumigen Pastorat, aus dem die Frau fortgestorben war und die Kinder längst ihre eigenen Familien gegründet hatten.

Zum Glück fing es bald an zu schneien. Zuerst flogen nur vereinzelt Flocken wie kleine, weiße Schmetterlinge aus dem dunklen Himmel herunter. Man mußte sich geradezu wundern, daß ein so dunkler Himmel so weiße Flocken hervorbringen konnte. Dann wurden der Flocken immer mehr, die ganze Luft wimmelte von Flocken, weiße Sterne setzten sich zu Hunderten auf die blaue Schlittendecke, Wimpern und

Augenbrauen hingen bald voll Schnee, den der Fahrtwind hineinpreßte, und der Habichtshofsche, den dieses ebenfalls stören mochte, verlangsamte die Gangart seiner Biester.

»Na, Gott sei Dank«, sagte der Pastor. »Jetzt fühle ich mich endlich wieder wie ein normaler Mensch, der den Mund auch mal auftun kann!«

Sein junger Patronatsherr wandte ihm das vom Fahrtwind gerötete Gesicht zu. Unter den weißen verschneiten Augenbrauen wirkten seine Augen pechschwarz, und der Mund unter dem dunklen Bärtchen wölbte sich von der seit einer halben Stunde aufgespeicherten Lust am Necken. Er erwiderte mit unnachahmlicher Höflichkeit: »Verzeihen Sie mir, verehrter Seelenhirte, ich hätte früher daran denken sollen, daß Sie das Mundauftun schon von Berufs wegen nicht lassen können.«

Pastor Ruhland lachte. »Und Sie können das Pliggern nicht lassen! Aber Sie haben ja recht. Ein Pastor, der seinen Mund nicht auftäte, wäre genauso fehl am Platze wie ein Majoratsherr, der keine Kinder hat.«

»Eins zu eins«, stellte der Habichtshofsche fest und wandte sich wieder seinen Pferden zu. Sein Mund, den schon die unschuldsvolle Tipsy höchst ironisch fand, lächelte, aber Pastor Ruhland dachte, dieses Lächeln sei um eine kleine Nuance zu ernst. »Bin ich ungeschickt gewesen?« fragte er. »Aber ich glaubte, dieses Thema sei unter uns doch schon zu einem *stehenden* Thema geworden...«

Die Augen des Habichtshofschen blitzten für einen Augenblick zum Pastor hinüber. »Auch ›stehende Themen‹ haben ihre Tage«, antwortete er.

Es entstand eine Pause, in der nur die Schlittenschellen am Zaumzeug der beiden Schimmel redeten. Die Flocken fielen lautlos und verhüllten die Welt. Die Kufen des Schlittens glitten lautlos über den vom Neuschnee gepolsterten Weg.

Schließlich griff der Baron das »stehende Thema« doch wieder auf. »Scherz beiseite, verehrter Pastor, es ist völlig richtig: was soll ein Gut wie Habichtshof ohne Erben? Ich dachte es eben vor der Abfahrt, als ich über den Wirtschaftshof ging. Irgendein Knabe, ein Neffe dritten Grades, wird es übernehmen, wenn über meinem Sarg der Schild zerbrochen ist. Er wird es übernehmen, nicht weil er es liebt, sondern weil es eine Mordserbschaft ist. Ich selber habe es aber gerade in den letzten zwei, drei Jahren gelernt, daß so ein Gut geliebt werden muß. Ja, ja, ich habe es etwas spät gelernt, früher gefiel es mir in Habichtshof nur während der Auerhahnbalz. Überall in der Welt schien es mir interessanter. Aber Sie wissen es auch — späte Lieben pflegen um so heftiger aufzutreten...«

»Ich bin erstaunt, lieber Baron Hagen«, murmelte Pastor Ruhland. »Ich wüßte nicht, wann ich Sie schon je so sprechen gehört hätte ...«

»Ja, es ist eine tiefe Besinnung, die mich ergriffen hat«, spottete der Habichtshofsche.

»Gewiß«, bekräftigte Pastor Ruhland. »Und das ist gar nicht lächerlich. Ihre Güter bedürfen der Erben, und Ihr Haus bedarf der Frau. Ob Sie selber einer Frau bedürfen, ist allerdings eine andere Frage ...«

»Ja, eine sehr andere Frage«, unterbrach der Habichtshofsche den Älteren. »Der holden Minne bedarf ich wohl. Aber des festgeschmiedeten Eheringes?«

»Immerhin ist der festgeschmiedete Ehering aus Gold«, rief Pastor Ruhland.

Doch schon wieder schaltete sein Nachbar sich ein: »Reden Sie nicht von Gold! Mütter und Tanten des Landes haben hier neulich festgestellt, ich sei ein goldener Vogel ... Und da es ja ihre Lieblingsbeschäftigung ist, Ehen zu stiften, so hegen sie für mich längst die verlockendsten Pläne.«

Pastor Ruhland schüttelte mißbilligend den Kopf, so daß der Schnee von seiner Pelzmütze flog. »Sie denken zuviel an sich selber, hochverehrter Patronatsherr«, brummte er, »ich wollte nämlich nicht von Ihnen sprechen, sondern von der Ehe im allgemeinen. Ich wollte sagen, sie sei eine Fessel zwar, aber eine goldene. Das heißt, eine edle und notwendige Fessel. Eine Fessel der Selbstzucht. Wie lebt man denn ohne die eheliche Zucht? Ich spüre es an mir selber, seit ich allein bin. Na, und Sie erst, Sie Musterbeispiel des munteren Junggesellen! Man tut, was man mag, und seien es auch die edelsten Liebhabereien, und man denkt meist an sich selber. Aber so eine kleine Frau — Sie sollen es mal erleben, wie die einen dazu bringt, an *sie* und nicht an sich zu denken!«

Der Habichtshofsche nickte. »Eben, eben. Darum übe ich Zurückhaltung . . .«

»Und bleiben Ihr Leben lang der alte ich-bezogene Hagestolz«, wetterte der Pastor. »Der Grund, daß man an seine Frau denkt, liegt nämlich nicht bei ihr, sondern bei einem selber. Man denkt an sie, weil man sie liebt. Oder werden Sie ohne Liebe heiraten?«

»Lieber Pastor, ich heirate überhaupt nicht«, antwortete der Habichtshofsche. »Trotz Aussicht auf Majoratserben, geordneten Haushalt und eheliche Zucht. Die viel zu vielen Mädchen in der Welt . . . Nein, da müßte schon ein Wunder geschehen! Aber Ihr lieber Gott ist in der letzten Zeit mit Wundern recht sparsam geworden.«

»Man muß nur aufpassen und hinhorchen«, sagte der Pastor

und wurde ernst. »Haben Sie es noch nie bemerkt, daß ein Wink Sie erreicht, irgendein Hauch, der völlig anders schmeckt als die sonstigen Ereignisse des Tages? Es können die kleinsten Kleinigkeiten sein, das Wort eines Knechtes, der Ausdruck eines Gesichtes, das Scheuen eines Pferdes — aber plötzlich wird Ihnen eine Barriere vorgehalten und Sie müssen zögern, tief einatmen, sich besinnen. Wenn Sie sich dann richtig besinnen...«

»Halt, halt, bester Pastor, so etwas habe ich wirklich noch nie bemerkt! In meinem Leben ist immer alles höchst nüchtern und diesseitig vor sich gegangen«, meinte Hagen. »Der liebe Gott hat mich ausgelassen!«

»Er läßt niemanden aus«, brummte Pastor Ruhland schon fast ärgerlich, »er hat Sie in seiner Güte nur wahrscheinlich stets zu sehr verwöhnt. Sie haben es nie nötig gehabt, zu fragen und hinzuhorchen. Aber Sie sollten anfangen, darüber nachzudenken.«

Die beiden Männer schwiegen wieder. Die Schimmel trabten, die Schellen klangen, der Schnee fiel. Die Büsche am Wegrand huschten vorüber wie erschreckt und in weiche Tücher vermummt. Die Felder verschwammen, vom Himmel war nichts zu sehen.

Dann nickte der Habichtshofsche. »Lieber Pastor Ruhland,

ich danke Ihnen für die Philippika! Ich habe sie verdient, und ich fühle mich genauso wie einst in der Konfirmationsstunde. Ich fürchte, ich habe Ihnen schon damals einige Sorgen bereitet.«

»Ja«, seufzte der Pastor. »Es *fiel* Ihnen alles zu leicht und infolgedessen *nahmen* Sie alles zu leicht. Und so ungefähr scheint es bis heute geblieben. Die Welt steht Ihnen offen, das große Welttheater, und Sie schauen belustigt zu. Die vielen Mädchen sind Ihnen eine leichte Beute, und so sind auch sie Ihnen eines ernsthaften Gedankens nicht wert. Ihr Geld — Sie brauchten es nicht selber zu erarbeiten, und so verstreuen und verspielen Sie es, als ob niemals Schweiß und Mühe daran geklebt hätten. Es ist Ihnen stets zu gut gegangen. Verzeihen Sie Ihrem alten Pastor diese Worte!«

»Ja, es ist mir stets gut gegangen«, bestätigte der Habichtshofsche. »Aber bin ich denn schuld daran, daß ich so verwöhnt worden bin?«

»Um des Himmels Willen, wie sollte ich alter Sünder Ihnen eine Schuld zumessen!« rief Pastor Ruhland erschrocken, und wenn seine Hände nicht so fest in den Ärmeln seines Pelzes gesteckt hätten, er hätte sie beschwörend erhoben. »Nur aufmerksam machen möchte ich Sie, nur einen Rat geben! Schauen Sie nicht nur zu mit Ihrem spöttischen Lächeln, *horchen* Sie vielmehr, geben Sie acht, auch Sie werden dann von den Winken Gottes erreicht werden. Er läßt auch Sie nicht aus. Fangen Sie noch heute an, ich bitte Sie, und nehmen Sie ernst, was Ihnen zustößt. Sie haben schon einen reichlich großen Teil Ihres Lebens nur mit Lächeln bewältigt...«

Der beschwörende Ton des alten Seelsorgers erschien dem Habichtshofschen sowohl rührend wie komisch. Aber das Rührende überwog. ›Vielleicht ist dieses schon der erste Wink‹, dachte er, und er verbiß das Lächeln, das mit diesem Gedanken zugleich in ihm aufsteigen wollte.

»Wenn ich nicht die Zügel hielte, würde ich Ihnen meine Hand darauf geben, daß ich von nun an aufpassen will«, sagte er mit spontaner Wärme. »Heute auf dem Polterabend will ich damit anfangen...« Und nun mußte er doch wieder lächeln.

Der Polterabend war natürlich nicht viel anders, als solche Feste immer auf einem estländischen Gut zu sein pflegten. In der Dämmerung begann die Anfahrt der Schlitten. Auf den breiten Stufen unter dem Säulengiebel von Schloß Adalsholm gab es ein Schütteln und Klopfen, denn es schneite noch immer, und Pelze und Mützen waren voll Schnee. Die letzten Gäste erzählten bereits, ihre Pferde seien nur langsam durch die knietiefen Wehen vorwärts gekommen.

Im Vorzimmer spielten sich unterdessen die lautesten, fröhlichsten und lachendsten Begrüßungen ab. Aus den Pelzrotunden entwickelten sich würdige, in Atlas oder Spitzen gehüllte Gestalten, Diademe blitzten in hochtoupierten Frisuren, Herren im schwarzen Anzug standen vor den Spiegeln, zogen sich die Binder zurecht und glätteten ihre Scheitel, und junge Mädchen, wie Trüppchen goldblonder Schlüsselblumen im Frühling, tuschelten miteinander hinter vorgehaltenen Spitzentaschentüchlein. Koffer wurden hereingetragen, und die Mamsell an der Treppe dirigierte das Gepäck der Logiergäste in die entsprechenden Fremdenzimmer.

Unter diesen Koffern war auch derjenige, welcher Tipsys zauberhafte Ballkleider enthielt. Sie aber hatte sich soeben rosig und blitzäugig aus ihrem Schlitten entpuppt, war von Fee und ihrer Mutter in die Arme geschlossen worden und stieg jetzt hinter Tante Addi die blankpolierte Mahagonitreppe hinauf, um sich in ihrem Zimmer umzukleiden. Um fünf Uhr sollte die feierliche Kaffeetafel beginnen.

Tipsy fand es, je länger, je mehr, einfach himmlisch, erwachsen zu sein. Sie legte ihr teures Tagebuch auf das Nachttischchen neben dem Bett, dann schlüpfte sie aus dem Reisekleid, und hinein ging es mit hocherhobenen Armen in das weiße, rosenbekränzte Gewand, das Tante Addi ihr entgegenhielt.

Der Kamm lockerte die braunen Haare, Eau de Cologne sprühte über Hals und Arme, die Perlenkette mit ihrem blitzenden Schloß schnippte zu, genau dort, wo im Nacken ein Löckchen sich hinunterwand, und die neue, ihrer Puppenhülle entschlüpfte Balldame stand vor dem Spiegel, der über der Kommode hing.

»Tante Addi, oh, Tante Addi, sei ehrlich, bin ich wirklich schön genug?« fragte sie mit klopfendem Herzen und betrachtete ängstlich ihre Nase, die, etwas kurz, einen lustigen, winzigen Schwung zum Himmel aufwies.

Tante Addi klopfte ihr liebevoll auf den Nacken. »Sei ruhig, Kindchen, wenn ich früher so ausgesehen hätte wie du, hätte ich bestimmt auch einen Mann bekommen!«

»Ach, einen Mann...«, wies Tipsy ihre Tante zurecht, »aber tanzen will ich!«

Nun, in dieser Beziehung gingen Tipsys Wünsche in Erfüllung. Sie tanzte. Nicht nur mit Leo, ihrem Brautführer von morgen. Sie tanzte mit allen Herren, die überhaupt dafür in Frage kamen, sogar mit den alten, die beim Walzer etwas hopsten und die eigentlich sonst nur die würdigen, atlasnen Damen zu einer gravitätischen Runde herausführten. Tipsy wußte es nicht, aber ihre knospenhafte Jugend rührte alle Herzen.

Einmal kam sogar Bodo, das Ekel, verneigte sich genauso tief wie vor einer erwachsenen Dame, doch er konnte es natürlich nicht lassen, dabei zu murmeln: »Nicht nur groß, sondern auch schön ist die Tipsy von Ilgafer...«

Tipsy hätte ihm daraufhin gerne die Zunge gezeigt, aber sie war ja jetzt erwachsen, und sie wußte, was sie diesem ersehnten Zustand schuldig war.

Übrigens hopste der Habichtshofsche nicht wie die älteren Herren, im Gegenteil, der Walzer mit ihm war geradezu berauschend, ein einziger Schwung, und nur die Kronleuchter über einem drehten sich wie verzaubert mit ihren unzähligen gelben Kerzenflammen. Leider klang in diesen selbstvergessenen Augenblick hinein die Stimme des Ekels: »Und was machen Ihre Jagdgründe beim Schweinepirk? Ich habe die große Diana niemals wieder dort getroffen...«

Als Tipsy nach diesem Walzer zu ihrem Brautführer Leo zurückkehrte, war sie froh, ihren Tänzer los zu sein. Aber das Gesicht ihres Herrn erschien ihr komischerweise plötzlich sehr glatt, blauäugig und nichtssagend.

Unterdessen ging draußen unter den Fenstern des Saales ein Krachen und Klirren an, daß Tipsy das Herz stillstand. Die Gutsleute zerschlugen Massen längst angesammelten Geschirrs, um ihrem Fräulein möglichst viel Glück in der Ehe zu sichern. Alles drängte zu den Fenstern, und die Braut in ihrem rosa Spitzenkleid trat auf den Balkon, um zu danken und die Gutsleute zu einem Umtrunk in die Gesindestube zu bitten. Fackeln flammten und Hochrufe ertönten. Es schneite noch immer.

Tipsy stand an den Pfosten der Balkontür gelehnt und trank das schöne, fast unheimliche Bild, das da aus der Dunkelheit zu ihr aufstieg, in sich hinein. Die flackernd rauchenden Fackeln über den gedrängten Tuiso-Mützen* und Kopftüchern, unter denen die erhobenen Gesichter erschienen; die offenen Münder und dazu der unbekümmert wirbelnde Schnee; dies alles hätte das gefährliche Bild kommender Zeiten heraufbeschwören können. Aber Tipsy war das Kind einer friedlichen Epoche. Sie ahnte nichts. Die singenden Knechte und Mägde im Feuerschein erschienen ihr »wahnsinnig romantisch«.

Da tupfte ihr jemand mit einem nach Juchten duftenden Taschentuch die Schneeflocken weg, die neben dem Rosenkränzchen in ihren Ausschnitt fielen und dort zergingen, und die Stimme des Habichtshofschen sagte: »Es wäre doch schade, wenn die schöne und große Tipsy sich erkältete! Ich schlage vor, hineinzugehen.«

Gewohnt, den vernünftigen Ermahnungen erwachsener Leute

---

* Tuiso-Mütze = estnische Fellmütze mit herunterklappbaren Ohren zu folgen, wanderte Tipsy gleich darauf am Arm des Barons in den Saal zurück. Mit Lorgnons bewehrte Blicke wanderten hinter ihr drein.

Als um Mitternacht alle Scharaden aufgeführt und alle Gedichte gesprochen waren und Tipsy, als jüngste der Brautschwestern, Fee den Myrtenkranz überreicht hatte, während die anderen sangen: »Wir winden dir den Jungfernkranz...«, als Mütter und Tanten die Tränen ihrer Rührung getrocknet und die Herren ihr Gemurmel und Geraune beendet hatten (zum Glück wußte Tipsy nicht, daß sie gemurmelt hatten: »Die kleine Ilgafersche wird ein schönes Mädchen...«), trat unerwartet der Diener Anz in die Tür und verkündete laut: »Kustumäggische Färde sind vor, haber Kutscher sagt, fahren ist schlecht, viel Schnee.«

Wie nun die Erwachsenen mit diesem unerwarteten Ereignis fertig wurden, entging Tipsys Beobachtung. Leo bemächtigte sich ihrer, führte sie in den kleinen Salon, wo noch Bowle und Plätzchen herumstanden, nötigte sie ins Ecksofa, füllte die Gläser und meinte, darum, wie die verschiedenen Nachbarn nach Hause kämen, brauchten sie sich nicht zu kümmern. Viel interessanter wäre es zu erfahren, wer Tipsys Lieblingsdichter sei?

In der Tür zum Saal standen Pastor Ruhland und der Habichtshofsche und unterhielten sich auch. »Nun«, fragte der Pastor, »wie hat Ihnen denn unser Polterabend gefallen?«

Bodo, das Ekel, zog an seiner Papyros, blickte unsäglich mokant — so schien es Tipsy — in die Ecke herüber, in welcher sie mit Leo saß, und erst dann antwortete er. Zu ihrem größten Leidwesen konnte Tipsy nicht verstehen, was er sagte, denn nun hatte er den Kopf weggewandt, und außerdem mußte sie Leo ja ihren Lieblingsdichter bekennen . . .

Der Pastor aber hörte die Antwort um so besser: »Ein schönes Schlaraffenfest, und ich habe unentwegt aufgepaßt! Doch bisher, Verehrtester, hat der liebe Gott sich noch nicht herabgelassen, so zu winken, daß ich es hätte merken können.«

»Ja, wahrscheinlich muß er bei Ihnen schon tüchtig winken«, brummelte der Pastor.

Schloß Adalsholm war sehr groß und verfügte auch über unwahrscheinliche Mengen von Betten und Matratzen, Kissen und Decken. Aber so groß war dieser Vorrat nun wieder nicht, daß alle Gäste zur Nacht hätten untergebracht werden können. So entschlossen sich die Nachbarn, die am nächsten wohnten, trotz des Schnees loszufahren. Schließlich konnte man ja eine Schneeschaufel mitnehmen!

Frau von Adalsholm kam zu Tante Addi gerauscht und sagte: »Liebste, wäre es dir sehr unangenehm, eine Nacht mit deinem reizenden Nichtchen in einem Bett zu schlafen? Die jungen Leute liegen ja auf Matratzenlagern. Aber der alte Pergelsche, der so entsetzlich schnarcht, der muß schon ein eigenes Bett haben.«

Tante Addi war natürlich sofort bereit, ihr Bett dem alten Pergelschen abzutreten, und als Tipsy eine Viertelstunde später, von Leos Bowle höchst beschwingt, in ihrem Zimmer erschien, war alles bereits umgeräumt. Tante Addi aber saß mit zweien ihrer besten Freundinnen auf dem Bettrand und unterhielt sich über das soeben zu Ende gegangene Fest. Als Tipsy eintrat, verstummten die drei würdigen Damen. Tipsy sah ihr Tagebuch auf dem Nachttisch liegen, und eine unhemmbare Lust befiel sie, schnell noch etwas hineinzuschreiben. Sie nahm es, preßte es an ihre Brust und sagte: »Ich komme gleich wieder — ich will euch nicht stören.«

Mit tänzerischen Schritten, einen Walzer summend, wanderte sie zum Zimmer hinaus und den Trakt entlang, an dem rechts die Türen der Fremdenzimmer und links die Fenster waren, hinter denen es noch schneite. Am Ende dieses Ganges wußte Tipsy ein gemütliches, stilles Kämmerchen. Eine Petroleumlampe hing an der weißen Wand, ein paar »Gartenlauben«

lagen auf einem Regalchen, und auf dem Deckel ließ es sich gut sitzen. Hier schien Tipsy der rechte Ort, um die notwendigen Sätze, mit Ausrufungszeichen oder vielsagenden Punkten versehen, in ihrem Tagebuch zu verewigen.

Sie war gerade im besten Zuge, als auf dem Gang draußen Männerstimmen laut wurden. Obgleich kein Mensch sie sehen konnte, wurde Tipsy blutrot. Wie, wenn einer hier hereinwollte! Wenn er rauchend am Fenster stehenbliebe! Sie sprang von ihrem gemütlichen Sitz auf, legte ihr Tagebuch auf die »Gartenlauben«, strich sich die Haare zurecht und horchte. Gott sei Dank, die Stimmen blieben an einer Tür stecken, verabschiedende Worte wurden gesprochen, eine Tür schloß sich, Schritte gingen weiter, dann wurde die nächste Tür geöffnet und geschlossen, und es wurde wieder still. Wie ein Dieb stahl Tipsy sich aus dem Kämmerchen hinaus, huschte den Gang entlang und flüchtete in das Zimmer, aus dem noch immer Tante Addis lustiges Lachen tönte.

Endlich, als nach unwahrscheinlichem Wassergeplätscher, Gekicher und Walzergesumme Tipsy warm und wohlig neben Tante Addi im Bett lag, fragte diese in die Vertraulichkeit des nächtlichen Augenblicks hinein: »War es schön, Kindchen?«

»Himmlisch, Tante Addi.«

»Wer tanzte denn am besten?«

»Bodo, das Ekel.«

»Du mußt ihn nicht immer so nennen, er könnte es hören.«

»Mag er...«

Tipsy fing wieder an, den Walzer zu summen, der so berauschend gewesen war. Jetzt einschlafen, mit dieser Melodie im etwas schwindligen Kopf!

Aber Tante Addi fragte weiter: »War Leo nett?«

»O ja... sehr...«

»Der Netteste?«

Tipsy mußte sich besinnen. War man verpflichtet, auch hier die Wahrheit zu sagen? Sie dachte an Leos blauäugiges, glattes Gesicht, und ganz von selber sprach sie die Antwort: »Nein, der Netteste nicht.«

»Wer war denn das?«

»Ich weiß nicht, Tante Addi!«

»Aber der Interessanteste?«

Nun schwieg Tipsy, und es schien ihr sogar erlaubt, im Notfall zu lügen. Sie dachte an die Worte, die sie soeben in ihr Tagebuch geschrieben: »Dieses Ekel wird mich niemals ernst nehmen — dumm, daß ich ihn trotzdem interessant finde.«

Tagebuch... Wie ein kalter Schlag durchfuhr es Tipsy vom Scheitel bis zur Sohle. Ihr Tagebuch ruhte ja noch friedlich auf dem Regalchen bei den »Gartenlauben«. Sie hatte es vorhin in ihrem Schrecken dort liegenlassen.

Mit einem einzigen Schwung saß sie aufrecht im Bett und hatte dabei beide Beine auf dem Fußboden. »Ich muß noch fort«, stammelte sie, »ich hab mein Tagebuch vergessen.«

»Nimm meinen Morgenrock«, rief Tante Addi ihr nach, »und die Pantoffeln!«

Aber das Kind in seinem Nachthemdchen war schon an der Tür. »Alles ist dunkel«, flüsterte sie zurück, dann rastete die Klinke ein.

Tatsächlich waren jetzt alle Lampen gelöscht. Das Schloß schlief dem großen morgigen Tag entgegen, an dem das Fräulein seine Hochzeit feiern sollte. Doch draußen über Dächern und Giebeln wehten die Schneeflocken aus der Schwärze herab, Dunkel und Kälte waren weit und groß.

Auch im Gang, durch den Tipsy auf ihren nackten Füßen rannte, war es dunkel und kalt. Aber sie spürte es noch nicht, sie war zu sehr von der Angst erfüllt, irgend jemand hätte ihr Tagebuch mitnehmen und darin lesen können. Es waren freilich nur kleine und völlig unschuldige Dinge, die sie verzeichnet hatte, aber es waren jene Dinge, die eine erwachende Seele fast vor sich selber verschweigt — wieviel mehr vor jedem anderen Menschen. Und nun hatte vielleicht irgendein Fremder, vielleicht sogar ein Mann — Himmel, vielleicht sogar Bodo — das schwarze Heft gefunden...

Mit vor Kälte und Aufregung klappernden Zähnen langte Tipsy am Ende des Ganges an, öffnete die Tür und tappte mit der Hand nach dem Regalchen. Oh, was für ein Glück! Sie erkannte sofort die Kühle des Leders und preßte ihr Büchlein an sich wie ein verloren gewesenes Kind. Dann machte sie sich auf den Rückweg.

Lang, schwarz und einsam lag der Gang. Die Fenster waren kaum als dämmerige Rechtecke zu erkennen. Ganz leise, nur wie eine uralte Erinnerung, hörte man, wie die Flocken gegen die Scheiben flogen.

Auf der anderen Seite des Ganges waren die Türen, tiefe Dunkelheiten in der helleren Wand, eine hinter der anderen. Erst jetzt fiel es Tipsy auf, daß sie alle gleich aussahen und daß man überhaupt nicht sagen konnte, welche zu welchem Zimmer gehörte. Und zu allem Unglück hatte sie vorhin nicht gezählt, die wievielte Türe die ihre war. Sie war durch Tante Addis Lachen so leicht zu erkennen gewesen... Lauschend schlich Tipsy von einer Tür zur andern. Ihre Füße froren auf den Steinplatten, die von einer rauheren, wehrhaften Zeit hier einst zusammengefügt waren.

Hinter einer der Türen schnarchte es laut und unbekümmert.

Das war also der alte Pergelsche und bestimmt nicht Tante Addi. Aber zwei Türen weiter schien alles so bekannt: das Fenster mit einem Schatten vom Gummibaum, die tief eingetretene Steinfliese, in die der Fuß sich schmiegte... Tipsy drückte die Klinke lautlos herunter und trat ins Zimmer. Es war still und schlafdurchatmet. Tante Addi lag wohl schon in süßen Träumen. Tipsy legte das Tagebuch auf den Nachttisch, den sie sich ertastet, dann hob sie die Decke auf und schlüpfte sehr vorsichtig ins Bett. Wie herrlich warm das war! Tipsy fühlte ordentlich, wie ihr etwas benommener Kopf sich mit Schlaf anfüllte. Allerdings — vorhin war Tante Addis Busen, an den sie wie ein junges Schäfchen die Stirn preßte, ihr weicher vorgekommen. Jetzt traf sie anscheinend auf ein kräftiges Brustbein. Auch die Beine, an denen sie ihre frierenden Füße mit dem Egoismus des Kindes zu wärmen versuchte, schienen ihr behaarter und viel länger. Aber das war schon eigentlich ein Traum.

Als Antwort auf Tante Addis letzte Frage konnte sie nur noch murmeln: »Der Interessanteste, weißt du, das ist eben doch Bodo, das Ekel...«

Dann schien sich alles in den Schlaf zu verlaufen. Aber in dieses süße Gefühl mitten hinein klang etwas, tönte mit der Tiefe der entsetzlichen Lautstärke, wie sie wohl einst die Posaunen des Jüngsten Gerichts haben werden, eine Stimme, unverkennbar eine Männerstimme: »Hotz, hast du kalte Füße!«

Tipsy begriff zuerst nichts. Ihr Herz stand einfach still. Aber als es wieder mit rasenden Stößen zu schlagen anfing, fand sie sich schon mit den Füßen wieder auf dem eisigen Boden stehend. Diesmal vergaß sie wenigstens das Tagebuch nicht. Mit einem kleinen Schreckenslaut, der wie das Klagen eines Rehkitzchens klang, ergriff sie es und rannte zur Tür. Daß sie in der Dunkelheit die Klinke sogleich fand, war das reinste Wunder. Und dann stand sie wieder draußen auf dem Gang, frierend, zu Tode erschreckt, und die dunklen Türen grinsten, anscheinend nicht gewillt, ihr zu verraten, hinter welcher die richtige Tante Addi schlummerte.

Tränen traten in Tipsys Augen. So also war es, erwachsen zu sein! Solche Dinge konnten einem passieren, Dinge, von denen man sich als Kind überhaupt nichts hatte träumen lassen ...
Ein zitternder Schluchzer stieg aus der Tiefe der Brust.
Aber stehen und weinen, das war auch nichts. Schließlich mußte die richtige Tür sich finden lassen! Ganz vorsichtig, mit im Halse klopfendem Herzen, schlich Tipsy sich zur nächsten Tür, drückte die Klinke herunter und flüsterte in eine stumme, fremde Dunkelheit hinein: »Tante Addi? ...«
»Ja, Herzchen«, kam aus den Hintergründen des Zimmers die Antwort. »Komm schnell herein, wo warst du denn nur so lange?«
Tipsy sprang in die einladende Wärme des Bettes, wie einer

wohl in ein Rettungsboot springt. »Ich war...«, stammelte sie, »ich war...« Bei der Erinnerung an die tiefe Männerstimme stieg ihr das Schluchzen wieder aus der Brust in die Kehle. Sie preßte ihr Gesicht in das Kissen und weinte.

Tante Addi klopfte ihr besorgt und aufmunternd den Rücken. »Sag schon, Kindchen, erzähl doch, was ist passiert? Wo warst du denn?«

Kaum verständlich rang sich die Antwort aus der Dumpfheit des Kissens: »Ich war... oh, Tante Addi, ich war in einem fremden Bett.«

»In einem fremden Bett? Wie soll ich das verstehen? In wessen Bett?«

»Das weiß ich doch nicht, Tante Addi! Ich dachte, es wäre deins, aber es war ein Mann...«

Nun saß Tante Addi plötzlich kerzengerade zwischen Wand und Steppdecke. »Ein Mann?« stöhnte sie, »um Gottes Willen, Kindchen — und was hat er getan?«

»Er sagte: Hotz, hast du kalte Füße!«

»Sonst nichts?«

»Nein.«

»Und du?«

»Ich sprang aus dem Bett und rannte davon.«

Tante Addi seufzte tief. »Es war bestimmt ein alter Herr,

vielleicht der Pergelsche, da brauchst du nicht so zu weinen. Hat er dich überhaupt erkannt?«

»Nein, Tante Addi, wie sollte er, es war genauso pechfinster wie hier. Ich weiß ja auch nicht, wer das war, aber der alte Pergelsche bestimmt nicht. Der schnarchte hinter einer anderen Tür.«

Tante Addi legte sich wieder hin und zog die noch immer schluckende Tipsy zu sich heran. »Nun hör mal auf zu weinen, mein Goldchen. Wenn niemand dich erkannt hat, dann ist das alles nur halb so schlimm. Dann kannst du morgen ruhig jedem ins Gesicht sehen und mit jedem tanzen. Es weiß ja keiner, daß du es warst, die ...« Tante Addi verstummte. Sie konnte das einfach nicht aussprechen, was diesem ihr anvertrauten Kinde in seiner ersten Ballnacht zugestoßen war.

»Ich möchte trotzdem nach Hause fahren!« schluchzte Tipsy von neuem.

»Das geht doch nicht, du bist Brautjungfer! Außerdem wüßte dieser Mann dann sofort, wer ...«

»Trotzdem, Tante Addi!«

»Aber, Tipsy, sei doch vernünftig, denk daran, daß du jetzt erwachsen bist.«

»Ach, ich will gar nicht mehr erwachsen sein! Ich will ein Kind sein, ich will nach Hause ...«

»Man kann die Zeit nicht zurückdrehen«, murmelte Tante Addi. »Ich wäre auch lieber noch jung, so jung wie du.« Sie schwieg und horchte, wie das Schluchzen an ihrer Seite langsam leiser wurde. Nur aus der Tiefe der Brust stieg hin und wieder ein zitternder Atemzug.

›Sie ist wirklich noch ein Kind‹, dachte Tante Addi, und laut sagte sie: »Schlaf jetzt mal erst, du hast auch zu viel Bowle getrunken. Morgen sieht die Welt schon wieder ganz anders aus.«

»Ich will aber doch nach Hause«, flüsterte es an Tante Addis Schulter; man konnte es kaum mehr verstehen. Nach einigen Augenblicken kündigten tiefe Atemzüge an, daß das Kind, von Erregung, Kummer und Bowle überwältigt, eingeschlafen war.

Es blieb Tante Addi, die noch lange wach lag und mit erstickten Seufzern in die Dunkelheit starrte.

Sie ahnte nicht, daß auch im Zimmer nebenan der Habichtshofsche mit offenen Augen auf dem Rücken lag und nicht im entferntesten an Einschlafen dachte. Was tat er zunächst? Natürlich lächelte er. War es nicht wirklich zu komisch, daß ihm so etwas sogar in einem alten estländischen Gespensterschloß geschehen konnte? Ein junges Ding hob einfach die

Decke auf, schlüpfte zu ihm ins Bett und entkam dann, erschrocken fliehend und unerkannt. Natürlich zweifelte der Mann nicht daran, daß dieser kurze Besuch ein Irrtum gewesen sei. Das junge Ding, das sich einen Augenblick an ihm gewärmt hatte und das ganz vertraulich etwas von »Bodo, dem Ekel« geflüstert hatte, gehörte in ein anderes Bett. Es hatte nur die falsche Tür erwischt.

Immerhin, der Augenblick, in welchem die runde Stirn sich an sein Brustbein gepreßt und das offene Haar unter seinem Gesicht nach irgendeinem Wasser geduftet hatte, war ein süßer Augenblick gewesen, und man konnte es nur bedauern, daß man aus purer Wohlanständigkeit die Arme nicht um dieses ahnungslose Geschöpf geschlungen, sondern nur gebrummt hatte: »Hotz, hast du kalte Füße!« Das Herz des spöttisch lächelnden Habichtshofschen wärmte sich an diesem Augenblick und mochte seine Süßigkeit noch nicht preisgeben, um ganz simpel einzuschlafen. Es schien ihm eine sanfte Verlockung, so ein zutrauliches Wesen eine Nacht hindurch an seiner Brust zu fühlen und seine Atemzüge zu bewachen. Er wunderte sich selber über die leidenschaftslose Sanftheit dieser Verlockung.

Plötzlich fiel ihm Pastor Ruhland ein und dessen absonderliche Theorie von den Winken Gottes. Himmel, vielleicht beliebte es Ihm, einmal auch auf solche Weise zu winken? War Ihm denn nicht alles zuzutrauen, wo Er schon ohnedies diese unergründlichste und belustigendste aller Welten erschaffen hatte? Vielleicht legte Er ihm, dem Habichtshofschen, nicht von ungefähr ein Mädchen ans Herz? Vielleicht war dies der Augenblick, auf den man achten mußte? — Aber wer war dieses Mädchen überhaupt gewesen?

So kam es, daß auch der Habichtshofsche kerzengerade in seinem Bett aufsaß. Wenn schon Winke, lieber Gott, dann bitte deutlicher! Wie soll ich denn wissen, wen von allen den Nachbarstöchtern du gemeint hast? Und die meisten davon würde ich, trotz allen Winkens, nicht noch einmal an mein Herz nehmen! Freilich — dieses Kind...

Doch wie darf ich an ein Kind denken? Fünfzehn Jahre jünger als ich!

Wenn du aber winkst, lieber Gott?

Bodo, das Ekel, warf sich in sein Kissen zurück. Ja, das war ganz echt. So und nicht anders konnte man sich Gottes Winke vorstellen! Es geschah zwar etwas, und dennoch blieb alles im Dunkel. Es war wieder einmal dem Menschenherzen allein überlassen, aus diesem geheimnisvollen Dunkel den Willen Gottes herauszuholen. Wie sollte man nun zum Beispiel wissen, ob es dieses Kind war, das Gott gemeint hatte?

Und das man selber mit seinem alten, in allen Wassern gewaschenen Sünderherzen meinte?
»Gott gibt die Nüsse, aber er knackt sie nicht auf«, murmelte der Habichtshofsche vor sich hin, dankbar seines Deutsch-Lehrers in Birkenruh gedenkend, der ihm einst dieses Goethewort beigebracht hatte. Dann dachte er wieder an den holden Augenblick mit den duftenden Haaren. Das Lächeln war ihm vergangen.

Tatsächlich sah am nächsten Morgen alles anders aus. Es schneite nicht mehr, und die aufgehende Sonne kämpfte nur noch mit einem leichten Gewölk, das sie rotgolden umrandete und aus dem manchmal, wie zum Spiel, ein Schneesternchen herunterschwebte, golden glitzernd. Sehr hellblaue Himmelswiesen wuchsen mit dem zunehmenden Tage.
Tipsy wußte, als sie aufwachte und in die Schneeweichheit eines fremden Parks blickte, fast nichts mehr von den Ereignissen der letzten Nacht. Erst langsam fiel es ihr wieder ein, daß jemand zu ihr gesagt hatte: »Hotz, hast du kalte Füße...«, aber es erschien ihr jetzt eher komisch als erschreckend, da ja ihr Inkognito gewahrt geblieben war. Jedenfalls beobachtete Tante Addi mit Beruhigung, daß das Kind nichts mehr von »nach Hause fahren« sprach, sondern heiter und ohne die

geringste Befangenheit mit ihr zum Morgenkaffee nach unten ging. Nur auf der Treppe sagte sie einmal: »Drollig zu denken, daß einer dieser Männer...« Sie sprach den Satz nicht zu Ende. Mit ihren wohlausgeschlafenen, aufmerksamen Augen betrachtete sie dann jeden einzelnen und horchte auf die verschiedenen Stimmen. Aber sie konnte nirgends eine Ähnlichkeit mit der tiefen, erschreckenden Stimme der Nacht entdecken. So schien es ihr fast, als wäre alles nur ein Traum gewesen.

Wie ein Traum zogen nachher auch alle die festlichen Feierlichkeiten an ihr vorbei, die diesen Tag erfüllten: die Fahrt zur nahen Kirche durch den von Neuschnee und Sonne blendenden Tag; die frohen Schellen der vier Schlitten; die Stunde auf dem roten Teppich am Altar hinter Fees sich bauschendem Brautschleier; der Duft der weißen Rosen des Brautbuketts, das Tipsy halten durfte; Leos Arm im schwarzen, glatten Tuch, der sich ihr ritterlich darbot; die vielen eleganten Damen und Herren, die alle aufstanden, als man hinter dem Brautpaar her durch den Mittelgang zum Kirchenportal schritt; das Brausen der Orgel; und mitten darin leider auch das Gesicht von Bodo, dem Ekel, dessen Augen sonderbar prüfend und nachdenklich auf einen gerichtet waren. Zum Glück vergaß man diese Augen schnell, als im Vorraum der

Kirche die wartenden Kutscher und Diener den Damen die Pelze sorglich über die dekolletierten Schultern warfen...
Im Schloß stiegen die Champagnerperlen schon vom Boden der hohen Kelche. Man mußte anstoßen, zuerst mit Fee, die heute wirklich genauso aussah, wie man sich Feen vorstellt, dann mit den anderen, von denen einer natürlich sagte: »Ich trinke auf das Wohl der großen und schönen Tipsy...«, wobei sein dunkles Augenpaar sich mit dem gleichen nachdenklichen und prüfenden Blick auf einen richtete wie vorhin in der Kirche. Wieder durchfuhr ein kalter Schlag Tipsys Herz, und sie wandte sich schnell ab, um mit jemand anderem anzustoßen. Sollte es am Ende der Habichtshofsche gewesen sein?
Nach dem Hochzeitsdiner, das mit seinen unzähligen Gängen, Reden und Hochs bis in die Stunde der Dämmerung dauerte, verschwand das Brautpaar, um den Zug nach Riga zu erreichen. Die Hochzeitsgesellschaft aber stand, hauchdünne Mokkatäßchen balancierend, gruppenweise in Fensternischen, am Flügel oder am hohen Kachelofen, und nach den Anstrengungen der Tafel wurde nur milde geplaudert. Der Duft guter Zigarren begann die Räume zu durchwehen, und die älteren Damen zogen sich in den kleinen Salon zurück, um Pastor Ruhlands Predigt, die Haltung des Brautpaares, die Schönheit der Brautjungfern und sonstige sich anspin-

nende Beziehungen zu besprechen. Der Abendhimmel strahlte rot durch die hohen Saalfenster, und in der Lindenallee verklangen die Schellen des Schlittens, der das junge Ehepaar der Bahnstation und seinem neuen Glück entgegenführte.

Am Flügel machte Frau Kuse sich zu schaffen, die Tapeuse* aus Dorpat, die schon gestern zu allen Tänzen gespielt hatte. Sie öffnete den schwarzglänzenden Deckel, legte Notenhefte zurecht, entzündete die Kerzen an beiden Seiten des Flügels, lehnte einige Blätter gegen den in Form einer Lyra kunstvoll durchbrochenen Ständer und setzte sich mit Würde und Breite auf den Klaviersessel. Gleich darauf zogen, dahinschmelzend und lockend, die ersten Takte der »schönen, blauen Donau« durch die nachmittäglich beruhigten Räume.

Zunächst schien niemand den Zauber der Stunde brechen zu wollen. Der Saal mit seinem blanken Parkett lag frei im Abendlicht. Dann wurden einige der jungen Leute unruhig, man sah, daß sie der Verlockung des Walzers nicht widerstehen konnten. Schließlich sprang Leo auf, verneigte sich vor Tipsy, flüsternd, er als Haussohn müsse wohl die ersten Schritte wagen, und tanzte mit dem beseligten, arglosen Kinde in das noch immer durch die Fenster scheinende rotbraune Abendlicht hinein.

* Tapeuse = berufsmäßige Klavierspielerin bei Bällen

Am Kachelofen lehnte der Habichtshofsche, nicht ganz so arglos und unbefangen wie Tipsy. Er dachte, daß doch beachtliche Schönheit unter den Töchtern des Landes aufwüchse. Schönheit, gepaart mit spröder Unschuld und blitzender Abwehr — also Schönheit, um die es sich verlohnen könnte... Seit der bis in die ersten Morgenstunden während Schlaflosigkeit der vergangenen Nacht wurde er den lächerlichen Gedanken nicht los, diesmal dürfe er den Wink von oben nicht übersehen. Wenn jemand so unmißverständlich winkt...
Es schien bloß nicht ganz einfach, zu ermitteln, ob wirklich dieses süße Geschöpf gemeint war, das da im Abenddämmern

tanzte und dessen Gesicht sich in abwesender Hingabe nicht ihrem Tänzer, sondern der Schönheit des Augenblicks öffnete. Darauf aber kam es an. Sonst war es nichts mit dem Winken!

Den ganzen Vormittag über hatte der Habichtshofsche versucht, den Duft des Haares wiederzuerkennen, der ihn so entzückt hatte. Aber bei der Menge verschiedenartiger Parfüms in der Damenwelt war es ihm nicht geglückt. Nun kam ihm ein neuer Gedanke. Er ging zu seiner Kusine Ringbach hinüber, forderte sie zum Tanzen auf, versuchte unauffällig an ihrer blonden Haarkrone zu schnuppern, und dann sagte er unvermittelt in den schönsten Überschwang der Straußschen Melodien hinein: »Hotz, hast du kalte Füße!«

Das Mädchen blickte auf und lachte. »Tatsächlich«, sagte sie, »seit dem eiskalten Steinboden in der Kirche kann ich mich noch immer nicht erwärmen.«

›Die ist es also nicht‹, dachte der Habichtshofsche, und nach einigen schwungvollen Takten führte er sie zu ihrem Platz zurück.

Das nächste Mädchen, das er erwischte, war eine kleine, braune, schüchterne, die vor Aufregung, mit dem berühmten Habichtshofschen Baron tanzen zu müssen, ganz feuchte Hände bekam. Sie zuckte zusammen, als Bodo auch plötzlich zu ihr sagte: »Hotz, hast du kalte Füße...«, und sie hauchte kaum hörbar: »Aber ich habe doch gar keine!«

»Ach, ich dachte, Sie kennten diese lustige Anekdote«, antwortete ihr Partner erklärend, und es war gut, daß sie durch ihre niedergeschlagenen Augenlider sein amüsiertes Lächeln nicht sehen konnte.

Die dritte war die lustige Brunhilde. Als auch über ihrem Haupt die orakelhaften Worte ertönten: »Hotz, hast du kalte Füße...«, blitzte sie ihren Tänzer mit unternehmungslustigen Augen an und rief: »Warum meinst du? Sie sind ganz warm! Willst du fühlen?«

Und so ging es immer weiter, es wurde schon geradezu langweilig. Der Habichtshofsche, der so gerne und oft über andere Leute lächelte, kam sich allmählich selber lächerlich vor. War er denn zu dieser Hochzeit gekommen, um die Töchter des Landes eine nach der anderen kalter Füße zu bezichtigen? Tipsy aber, deren Antwort allein ihn wirklich interessiert hätte, war verschwunden. Wahrscheinlich hatte Leo sie entführt, um weiter über ihren Lieblingsdichter mit ihr zu sprechen...

In der Tür zum kleinen Salon, in welchem es jetzt verlockend nach Teegebäck und Zitrone duftete, traf der Habichtshofsche Pastor Ruhland.

»Na, Sie haben mir da was Gutes eingebrockt mit Ihren himmlischen Winken!« flüsterte er ihm zu.

»Wie meinen Sie das?« fragte der Pastor. »Haben Sie schon irgend etwas gemerkt?«

»Und ob!« murrte der Jüngere, halb ärgerlich, halb lachend. »Wenn Sie wüßten, welche pikanten Variationen solche Winke manchmal haben können, Sie würden sich wundern!« Damit wollte er am Pastor vorbeigehen und seine Jagd nach Tipsy fortsetzen.

Aber Pastor Ruhland hielt ihn am Ärmel fest. »Halt, halt«, rief er besorgt. »Woher wissen Sie denn, daß derartige Winke wirklich von Gott stammen? Manchmal ist es ja auch unser aller Feind, Bruder Diabolus, der da winkt...«

Der Habichtshofsche ließ sich nicht aufhalten. »Tant pis«, sagte er. »Ich kann die Spur, auf die Sie, Verehrtester, mich selber gesetzt haben, nun nicht mehr verlassen.«

Er fand Tipsy im Wintergarten unter einer Palme, hinter die Leo sie sorglich verstaut hatte. Diesmal forschte er nicht mehr nach ihrem Lieblingsdichter, sondern nach ihrer Lieblingsbeschäftigung und erfuhr mit Anteilnahme, daß sie Tanzen noch mehr liebe als Nietzsche und Hölderlin. Ihr Gesicht strahlte dementsprechend auf, als Hagen sich vor ihr verneigte und sie um den Walzer bat. Sie legte ihre Hand so vertraulich auf seinen Frackärmel und nickte Leo, der mit gekrauster Stirne zurückblieb, so mitleidslos zu, daß es dem Habichtshofschen, trotz seines abgebrühten Herzens, geradezu gemein erschien, dieses arglose Geschöpf mit seiner groben Bemerkung zu erschrecken. Aber was wollte er machen? Ob Gott oder Teufel — es kam nun alles darauf an, zu ergründen, ob *sie* es war, die ihn so nachhaltig entzückt hatte.

Beim Tanzen zog der Habichtshofsche seine zierliche Dame kaum merklich immer näher zu sich heran. Das hellbraune Haar — duftete dieses hellbraune Haar nicht genauso wie heute nacht?

»Sie tanzen ebenso gut, wie Sie schießen und Tennisbälle auffangen, schönste Tipsy«, flüsterte er ihr ins Ohr und empfing als Antwort einen so belustigten und zugleich zornigen Blick, daß er nicht anders konnte, als sie mitten unterm Kronleuchter, dessen Kerzen jetzt brannten, wie ein kleines Spielzeug in die Runde zu wirbeln.

Tipsy sah wieder die sich drehenden Flämmchen, und sie erschienen ihr wie lauter kleine goldgelbe Jubelrufe. Aber Glück und Schrecken wohnen im Leben allzu nah beieinander. In die Jubelrufe der Kerzen mitten hinein dröhnte die tiefe Stimme der Nacht: »Hotz, hast du kalte Füße!«

Tipsy zuckte zusammen, und sie wußte zugleich, daß Bodo,

dieses fürchterliche Ekel, es auch gemerkt haben mußte. Wozu hielt er sie denn so fest an seiner Brust?

»Was gehen Sie meine Füße an?« zischte sie und bekam ihre glasklaren Augen. Aber sie fühlte, daß diese zornige Abwehr sie ebenfalls verriet. Langsam kroch eine nicht zu verbergende

Röte ihr über Schultern und Nacken bis ins entsetzte Gesicht. »Danke, ich will nicht mehr tanzen«, sagte sie und blieb stehen.

Der Habichtshofsche ließ sie noch nicht los. Er neigte sich zu ihr, daß seine schwarzen Augen dicht über den ihren funkelten. »Aber schönste und liebste Tipsy, jetzt wird es doch gerade erst interessant!« hörte sie seine beschwörende Stimme.

»Für mich nicht«, antwortete sie schnell, entwand sich seinen Armen, schlüpfte wie ein Wiesel zwischen den tanzenden Paaren hindurch und verschwand im kleinen Salon.

Bodo, das Ekel, folgte ihr zur offenstehenden Flügeltür. Aber er ging langsam, die Tänzer nicht störend, und mit seinem unbeteiligt-hochmütigen Gesicht, denn er ahnte, daß viele Lorgnons auf ihn gerichtet waren, und er wollte jedes unnütze Aufsehen vermeiden. Dennoch wußte er, daß er Tipsy so schnell wie möglich wiederfinden mußte. In der Tür zum kleinen Salon stand leider schon wieder der gute Pastor Ruhland. Der Habichtshofsche wollte an ihm vorbei, aber der Pastor erwischte ihn am Frackknopf und hielt ihn fest.

»Verzeihen Sie, Baron Hagen, aber nun muß ich Sie unbedingt einen Augenblick aufhalten. Es scheint mir nämlich, als ob hier nicht der liebe Gott, sondern tatsächlich — der andere seine Hand im Spiele habe. Die kleine Ilgafersche ist kaum achtzehn Jahre und ein völlig reines und unschuldiges Kind. Sie dürfen ihr nicht den Kopf verdrehen.«

»Das will ich auch gar nicht«, antwortete der Habichtshofsche ablehnend. »Trotzdem bitte ich, mich gehen zu lassen.«

»Nur ein Wort!« flehte Pastor Ruhland mit unglücklichem Gesicht. »Versprechen Sie mir, die Kleine in Ruhe zu lassen, so reizend sie auch ist. Ich wäre verzweifelt, wenn ich an diesem Spiel in irgendeiner Weise mitschuldig wäre.«

Der Habichtshofsche wollte wortlos weitergehen. Aber das unglückliche Gesicht des Pastors rührte an eine weiche Stelle seines Herzens. Er antwortete: »Leider kann ich Ihnen nichts versprechen. Wenn aber tatsächlich — der andere gewinkt haben sollte, dann muß Ihr lieber Gott eben zusehen, wie er dieses Ding trotzdem zu einem guten Ende bringt. Er trägt schließlich die letzte Verantwortung — auch für den Teufel, seinen Knecht. Und nun bitte ich, mich zu entschuldigen.«

Der Habichtshofsche wandte sich suchend dem dämmerigen Innern des kleinen Salons zu, während Pastor Ruhland mit gefalteten Händen in der Türe stehenblieb.

»Hat er nicht vielleicht sogar recht?« fragte er sich. »Wie sollen wir armen Menschen es immer unterscheiden, von welcher Seite uns ein Zeichen kommt? Und ist jener ›andere‹ nicht wirklich oft genug daran beteiligt, daß Gottes Wille geschieht? Der Versucher — Gottes Knecht...

Ach, es bleibt uns nichts anderes übrig, als zu beten, Gott selber möge an uns denken und alles richtig hinausführen.«

Während Pastor Ruhland noch so stand und nachdachte, kam der alte Pergelsche vorbei, sehr unternehmungslustig in seinem etwas zu engen Frack, die Bäckchen gerötet und die blauen Augen blitzend unter den weißen Augenbrauen. Als er des Pastors gefaltete Hände bemerkte, hielt er ein und fragte: »Ach, beten Sie?«

Der Pastor schüttelte den Kopf und lockerte seine Hände. »Nein«, sagte er, »ich denke nur nach.«

»Worüber denn, wenn ich fragen darf?« flüsterte der Pergelsche respektvoll. Ihm schien der Pastor immer besonders interessant, weil er selber nur zu Weihnachten in die Kirche ging.

Pastor Ruhland hob die Schultern und seufzte: »Das ist nicht ganz einfach zu erklären... Ich dachte... ich meinte..., ob wir es wohl immer unterscheiden können, wann der liebe Gott uns einen Wink gibt und wann der Teufel?«

»Ach, winken die denn manchmal?« fragte der Pergelsche mit hochgezogenen Augenbrauen und mit vor Staunen hervorquellenden Augen.

»Natürlich«, antwortete Pastor Ruhland, im stillen über den ahnungslosen Frager seufzend, der ihm seine besten und in ihm selbst noch gar nicht ausgegorenen Gedanken aus der Seele herauszerrte. »Eigentlich setzt unser ganzes Leben sich immer wieder aus solchen Winken zusammen. Wir begreifen sie nur fast nie.«

Der Pergelsche steckte seine Hände in die Taschen und blickte auf seine Fußspitzen. »Nun ja, das wissen Sie bestimmt besser als ich«, meinte er, »wo Sie ja sozusagen dauernd mit diesen beiden Herren verkehren . . .«

»Ach, ich weiß gar nichts, ich bin der ärmste Stümper von allen«, stöhnte der Pastor, »besonders auf so einer großen Hochzeit . . .«

Nun hob der Pergelsche seinen Kopf, und indem er mit einem seiner blauen Augen zwinkerte, klopfte er dem Geistlichen freundschaftlich auf die Schulter. »Na, wissen Sie, Lieberchen«, sagte er. »Wenn schon Winke, dann weiß man bei so einem Fest doch wenigstens ganz genau, aus welcher Ecke sie kommen. Das viele Essen, die guten Weine und Likörchen und die Schultern der Damen . . .«

»Das sind alles reine, unschuldige Gaben Gottes«, widersprach Pastor Ruhland. »Aber daß uns diese Gaben teuflisch erscheinen, kommt daher, weil wir selber so gierig sind. Weil wir ein

Räuschchen lieben, weil unsere Blicke die Grenzen überschreiten ... Also hat der Teufel, Gottes Knecht, wohl in uns selber Platz genommen? — Ja, er hat gewaltige Möglichkeiten! Er winkt nicht nur von außen, sein Wink kommt auch von innen und zerstört die Klarheit unserer Seele, die doch Gottes Atem ist.«

In seinem inneren Kummer faltet er wieder die Hände, und vor seinen Augen erschien das Bild der kleinen, ahnungslosen Tipsy, deren klare Seele in diesem Augenblick vielleicht in Gefahr geriet. Welch ein Trost war es da, daß selbst der Teufel Gottes Knecht sein mochte!

Der alte Pergelsche betrachtete den Pastor, wie man jemanden betrachtet, an dessen voller Zurechnungsfähigkeit man plötzlich zweifeln muß. »Solche Sachen sind zu hoch für mich einfachen Stoppelhopser«, murmelte er. »Ich will lieber ein Jeuchen machen. Kommen Sie mit, bei des Teufels Gebetbuch weiß man wenigstens ganz genau, wer da winkt. Da vergehen einem die Flausen.« Er schob seinen Arm unter den des Pastors und wollte ihn mit sich ziehen.

Aber der alte Gottesstreiter war mit sich und seinen Grübeleien noch nicht fertig. Er schüttelte den Kopf. »Lassen Sie nur, Herr von Gorm, ich komme nach, wenn ich zu Ende gedacht habe.«

Der lustige, runde Herr nickte dem Pastor zu, der ihn um Hauptesslänge überragte. »Denken Sie nur, mein Lieber«, sagte er, »für mich wäre so viel Denken nicht gesund.« Er ging ein paar Schritte, dann wandte er sich um, hob seine Hand und rief: »Jetzt winkt Ihnen aber nur der alte Pergelsche!« Seine blauen Augen blitzten, und dann verschwand er in Richtung Billardzimmer, wo die Kartentische standen.
». . . und auch er ist Gottes Kind«, sagte sich Pastor Ruhland, »vielleicht sogar ein geliebteres als ich alter Grübler. Nein, mit dem Denken schaffen wir es nicht. Es bleibt uns nichts als das Beten.«

Dem Spürsinn des Jägers folgend, durchquerte der Habichtshofsche das lange Eßzimmer und gelangte in eine Anrichte, deren eine Tür in die Küche führte. Hinter der anderen Tür hörte er gedämpfte Stimmen. Ohne sich zu besinnen, öffnete er die Tür und trat über die Schwelle. Es war offensichtlich das Lampenzimmer. In Reih und Glied standen die Petroleumlampen des Schlosses auf ihren Borden und warteten darauf, angezündet zu werden. Am wachstuchbezogenen Tisch aber saß Tipsy, den Kopf auf die Arme geworfen, und schluchzte. Die Schultern, vom blauen Seidenkleidchen kaum bedeckt, zuckten, die kleine Locke ringelte sich, hellbraun schimmernd,

über den Nacken bis zum blitzenden Verschluß der Perlenkette, vom Gesicht war nichts zu sehen. Es war ein Anblick unschuldigen und hingegebenen Jammers, der einen Stein hätte rühren können. Der Habichtshofsche aber war an diesem Abend kein Stein.

Neben Tipsy stand Tante Addi. Sie hatte ihre Hand auf den

schweren Haarknoten des Kindes gelegt und sagte gerade: »Hör doch nur zu, Herzchen! Baron Hagen ist ja vielleicht alles mögliche, aber ein Ehrenmann ist er bestimmt. Er wird niemandem etwas erzählen.«

Der Ehrenmann, der über diesen Worten eingetreten war, blickte nur kurz auf das zuckende, hellblaue Bündel, wobei die Spannung seines Gesichtes nachließ und der Blick seiner Augen sich erwärmte. Dann verneigte er sich ehrerbietig vor Tante Addi und sagte mit vollendetem Ernst: »Gnädiges Fräulein, darf ich Sie, in Vertretung der Eltern, um die Hand Ihrer Nichte bitten?«

Was nun folgte, war zuerst eine völlige Stille. Tante Addi vergaß sogar, ihren Mund zu schließen. Dann neigte sie sich zu Tipsy und flüsterte ihr zu: »Hörst du, Maria-Gabriele, ich habe es dir doch gesagt, daß er ein vollendeter Edelmann ist...«

Tipsys Kopf aber fuhr in die Höhe, und mit Augen, die noch klarer als glasklar waren, denn Tränen standen darin, rief sie: »Soll das heißen, daß Sie mich heiraten wollen?«

Der Habichtshofsche wandte sich nun von Tante Addi fort und neigte sich leicht über den Tisch, hinter dem Tipsy saß, eine kleine, züngelnde Schlange.

»Ja, schönste Tipsy, genau das soll es heißen«, sagte er mit seinem berückendsten Lächeln.

Die kleine Schlange aber richtete sich kerzengerade auf. »Ich hingegen denke gar nicht daran«, schleuderte sie ihm ins Gesicht, »wie kommen Sie überhaupt auf so etwas Dummes?« »Weil Sie mich sehr entzücken, schönste Tipsy«, antwortete der Habichtshofsche, und dieses Ekel schien von Tipsys Absage nicht einmal beeindruckt. Im Gegenteil, sein berückendes Lächeln verwandelte sich schon fast wieder in sein altes amüsiertes Lächeln, während er sich anschickte, Tipsys weitere leidenschaftliche Einwände anzuhören.

»Ich will Sie aber nicht heiraten, ich will überhaupt nicht heiraten, ich kenne Sie ja gar nicht!«

»Das ließe sich vielleicht nachholen«, meinte der Habichtshofsche.

»Ich will aber nicht«, bestand Tipsy auf dem ihren, »ich weiß ohnehin schon allerhand von Ihnen!«

»Und was wissen Sie von mir? In diesem Augenblick darf ich wohl mit einer ehrlichen Antwort rechnen?«

»Ja, das dürfen Sie«, feuerte Tipsy. Und ohne auf das dumpf warnende »Maria-Gabriele!« von Tante Addi zu hören, begann sie aufzuzählen: »Erstens sind Sie ein Epouseur, und vor solchen muß man sich in acht nehmen.«

»Recht haben Sie, schönste, liebste Tipsy!« warf der Habichtshofsche dazwischen.

»Zweitens vergeuden Sie Ihr Geld auf die unsolideste Weise...«
»Wieso denn das?« fragte der Habichtshofsche, und über seiner Nasenwurzel zeigte sich die Andeutung einer steilen Falte, die aber sofort verschwand, als er Tipsys weitere Erläuterung hörte: »Ja, Sie spielen. Sie sitzen auf den Klippen von Monte Carlo und spielen mit dem Fürsten von Monaco Müller-Matz. Und drittens sind Sie ein großer Jäger – das finde ich eigentlich sehr schön. Aber Ihre Schürzen-Trophäen hängen Sie niemals in Ihrer Halle auf.«
»O Gott, Tipsy!« hauchte Tante Addi.
Bodo, das Ekel, aber blieb ernst. Nicht einmal der Hauch eines Lächelns spielte um seinen Mund unter dem schwarzen Bärtchen. Er sagte: »Nein, aufhängen kann ich meine Schürzen-Trophäen allerdings nicht. Wenn Sie ein wenig nachdenken, werden Sie das verstehen. Aber ich verspreche Ihnen, ich werde von nun an nie wieder einer solchen nachjagen. Denn ich nehme an, daß Sie, geliebte Tipsy, so typisch weibliche Requisiten verachten.«
Tipsy blickte dem Mann, mit dem sie sprach, zum erstenmal ernsthaft ins Gesicht, das von Frage und Erwartung bewegt war. Sie selber mußte auch nachdenken, und so schwiegen sie beide, Auge in Auge. Tante Addi wagte nicht, sich zu rühren. Schließlich flüsterte Tipsy: »Ach, so ist das! Das hat mir bis-

her noch niemand erklärt. Aber Schürzen liebe ich tatsächlich nicht.«

»Na also. Ich werde sie auch nie von Ihnen verlangen. Es ist nämlich gar nicht so unangenehm, mit mir verheiratet zu sein. Ich glaube, das kann ich Ihnen ebenfalls versprechen.«

Tipsys glasklare Augen schauten weit aufgeschlagen in das dunkle Gesicht über ihr. Eigentlich war es ein schönes Gesicht, und die lustige Brunhilde würde sagen, es hätte faszinierende Augen. Trotzdem —

»Wie soll ich Sie denn heiraten«, stöhnte Tipsy, »Sie nehmen mich ja gar nicht ernst.«

»Doch, seit gestern nehme ich Sie sehr ernst. Ernster kann man eine Frau überhaupt nicht nehmen, als wenn man ihr einen Heiratsantrag macht.«

»Aber warum denn ausgerechnet seit gestern?«

»Weil Sie seit gestern erwachsen sind.«

Tipsy schlug wieder die Hände vor das Gesicht und warf ihren Kopf auf die Tischplatte. »Ich will gar nicht mehr erwachsen sein«, schluchzte sie, »ich hatte mich so darauf gefreut! Aber Erwachsensein ist schrecklich! Man geht durch fremde Türen, und man soll fremde Männer heiraten — und man weiß doch überhaupt nicht, wie man einen so fremden Mann lieben soll...«

Der fremde Mann, den Tipsy immer das Ekel genannt hatte, strich ihr plötzlich in gar keiner ekligen Weise, sondern sehr sanft über den verzweifelten Kopf. Dabei sagte er: »In diesem Frühling werde ich nicht nach Monte Carlo fahren, sondern nach Ilgafer reiten, und vielleicht wird es mir glücken, kein fremder Mann für Sie zu bleiben. Vielleicht kann ich Sie sogar davon überzeugen, daß es möglich ist, mich zu lieben, geliebteste Tipsy.«

Tante Addi flüsterte: »O du glückliches Kind!«

Tipsy aber hob noch einmal ihr tränenüberströmtes Gesichtchen, blickte Bodo, den Mann, der sie heiraten wollte, an und murmelte: »Und ich will doch noch so schrecklich gern mit den Studenten in Dorpat Schlittschuh laufen!«

Darauf wurde es noch einmal ganz still im Lampenzimmer. Nur aus der Küche hörte man das Scheppern der Töpfe, das Prasseln der Flammen im Herd und das Sprechen der Mägde. Dann klang die Stimme des Habichtshofschen warm und verzaubert durch den kleinen Raum: »Es gibt noch andere, viel schönere Dinge in der Welt, die ich dir zeigen werde — o kleine Tipsy von Ilgafer!«

Hiermit ist das, was ich heute erzählen wollte, eigentlich zu Ende: der Anfang von Tipsys Liebesgeschichte, soweit er mir von ihren Verwandten, ihren Söhnen, Tante Addi und schließlich von ihr selber ins Ohr geflüstert wurde. Damals war die kleine Tipsy für mich schon eine Tante, eine fröhliche junge Frau und Mutter dreier Söhne.

Wer aber nun wirklich den sonderlichen Grundstein zu ihrer Ehe mit dem Habichtshofschen gelegt hat — der liebe Gott höchst persönlich oder »der andere« —, das ist nie restlos geklärt worden. Tipsy selber behauptet, es sei bestimmt der liebe Gott gewesen, der ihr damals die falsche Klinke in die Hand gegeben hat. Denn ein Ding, das so gut endet und das soviel echtes Glück ausstreut, das könne nur von Gott kommen. Pastor Ruhland war bis an sein Lebensende anderer Ansicht. Er meinte, solche Späße erlaube der liebe Gott sich nicht. Daß alles trotzdem so wahrhaft gottwohlgefällig ausgegangen sei, liege nur daran, daß der Habichtshofsche Baron, sein verehrter Patronatsherr, der teuflischen Versuchung nicht ins Garn gegangen sei, sondern seine eheliche Werbung sozusagen im Namen Gottes begonnen habe. Vielleicht läge auch noch ein anderer unbedeutender Faktor darin, daß er selber, der Pastor, so eifrig für den Baron und die kleine Maria-Gabriele gebetet habe.

Wie sich das nun wirklich verhält — wer von uns kurzsichtigen Menschenkindern will es ergründen? Es kommt auch nicht darauf an. Wichtig ist, daß wir überhaupt hellhörig werden für die Winke des Lebens und daß wir aus den Anstößen, die wir empfangen, etwas Gutes erwachsen lassen. So meinte es jedenfalls der Habichtshofsche Baron. Er starb reif und lebenssatt, kurz vor der Umsiedlung der deutschen Balten im Jahre des Unheils 1939. Er, der Weltläufige, wurde im Habichtshofschen Erbbegräbnis neben seinen Vorfahren in heimatlicher Erde bestattet, was vielen seiner Landsleute, welche die große Welt vorher nie gesehen hatten, nicht mehr vergönnt war. Tipsy erlebte noch das ganze Umsiedlerschicksal mit seinem unfaßbaren Abschied, mit Neuansiedlung und mit der winterlichen Flucht im Gutstreck. Sie ließ sich nicht erschrecken. Ihre Augen, die noch immer glasklar sein konnten, schauten den auf spiegelhart gefrorener Straße keuchenden Pferden und den schluchzenden Menschen weit voraus.

Jetzt wohnt sie bei einem ihrer Söhne, der sie mit seinen schwarzen Augen und seinem spöttischen Munde so sehr an ihren Mann erinnert. Sie wartet mit Lächeln auf jenen Tag, an welchem sie ihn wiederfinden wird, ihn, den Habichtshofschen, Bodo, das Ekel, den heißgeliebten Geliebten, unter dem rauschenden Licht ewiger Verklärung.